「鎌倉河岸捕物控」読本

佐伯泰英 著・監修

時代小説文庫

角川春樹事務所

「鎌倉河岸捕物控」読本◆目次

コラム

「鎌倉河岸捕物控」読本

中野
追分
内藤新宿
大木戸
高田馬場
板橋宿
麹町
北町奉行所
鎌倉河岸
不忍池
寛永寺
金座
日本橋
下谷広小路
善立寺
両国橋
柳橋
東本願寺
浅草寺
吉原
御厩河岸之渡
回向院
新大橋
花川戸
山谷堀
北割下水
吾妻橋
千住大橋
千住宿
大川
小梅村
長命寺
須崎村
西
南
北
東

『鎌倉河岸捕物控』江戸関連地図

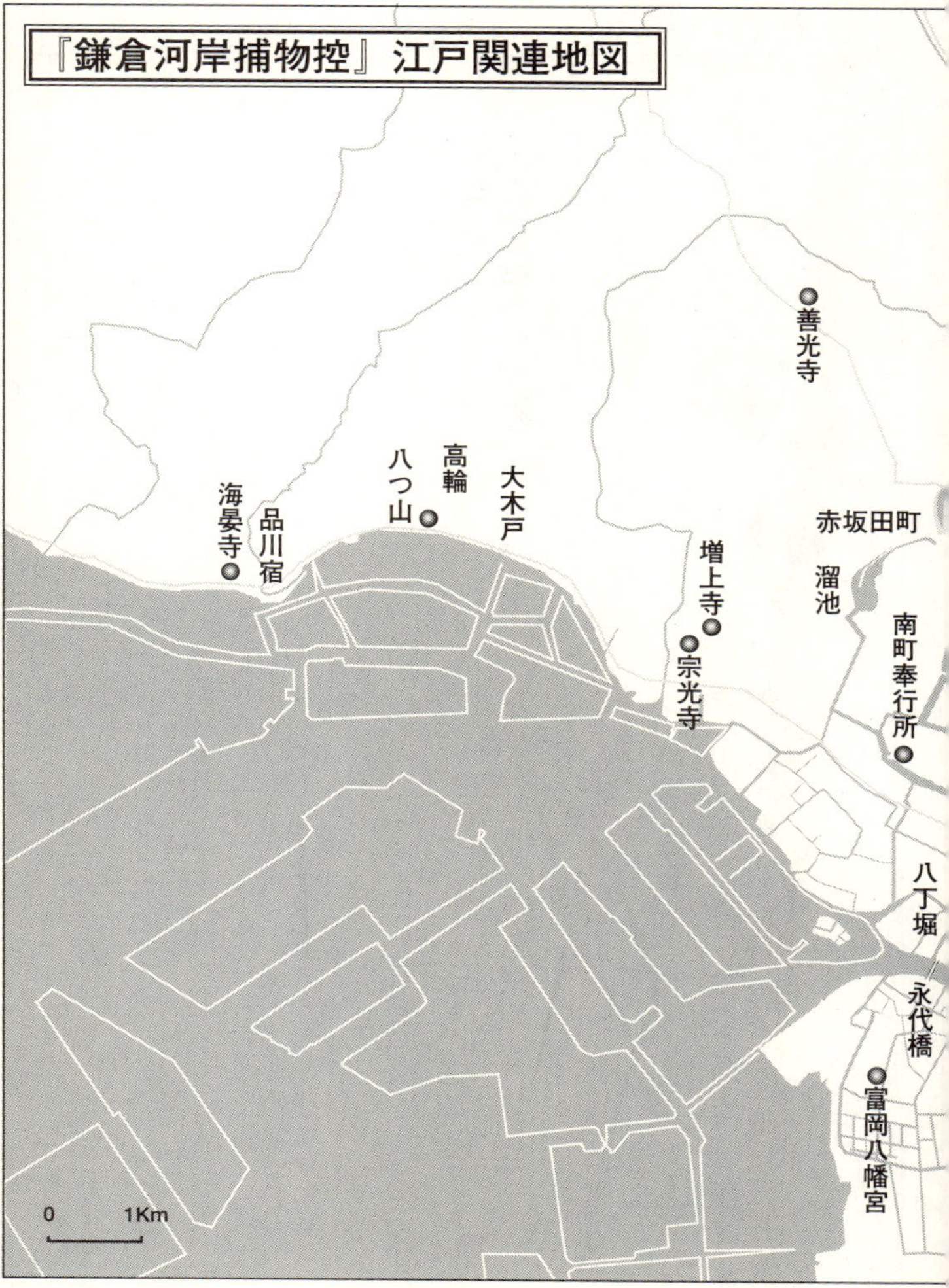

鎌倉河岸周辺
鎌倉河岸
豊島屋
しほの長屋
弁天湯
青物市場
龍閑橋
館市右衛門屋敷
常盤橋
むじな長屋
彦四郎の長屋
船宿綱定
金座
金座裏
樽屋藤左衛門屋敷
龍閑川
林道場
政次の長屋
西
南
北
東
0
200m

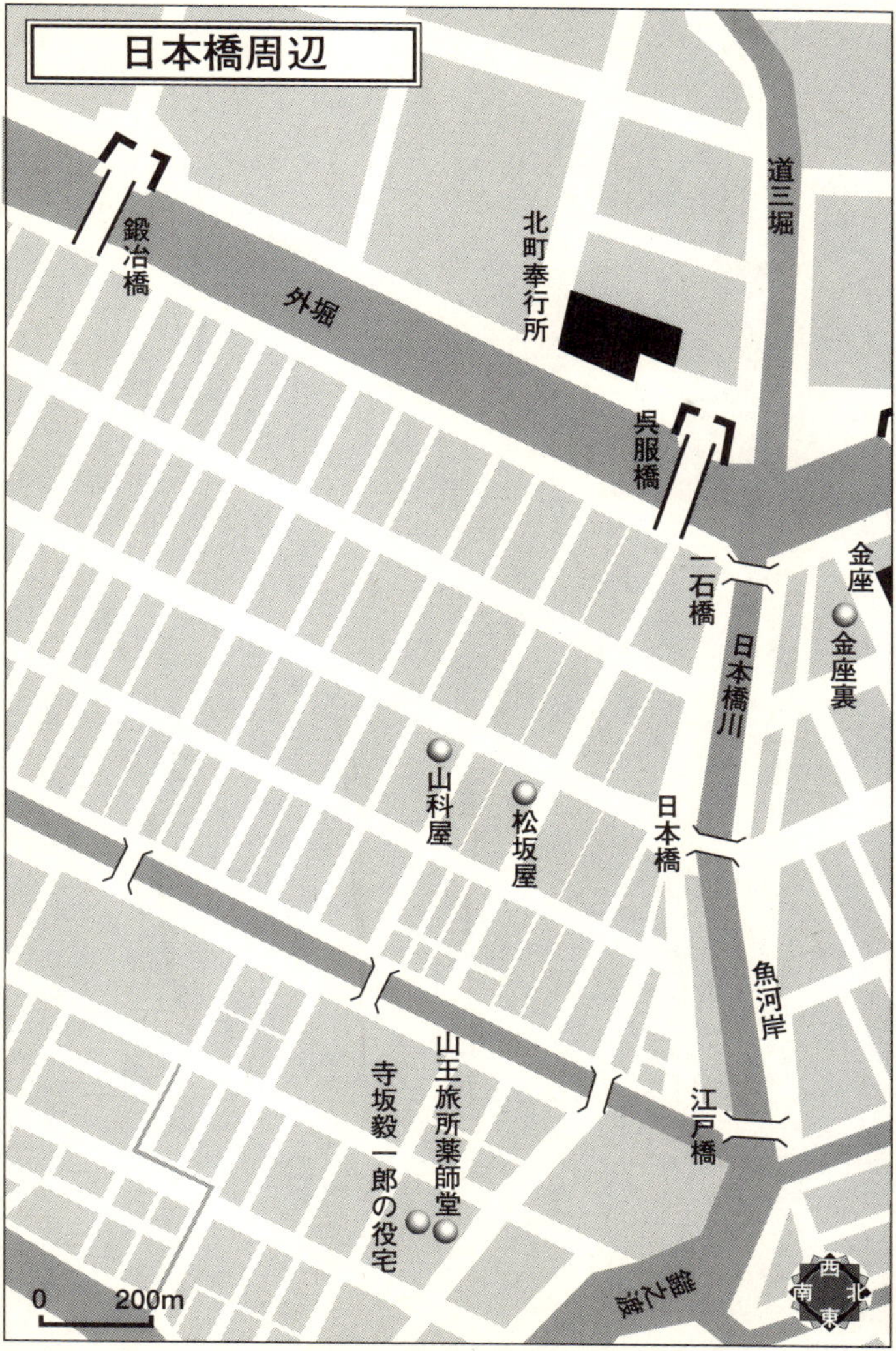
日本橋周辺
鍛冶橋
外堀
北町奉行所
道三堀
呉服橋
一石橋
金座
金座裏
日本橋川
山科屋
松坂屋
日本橋
魚河岸
江戸橋
山王旅所薬師堂
寺坂毅一郎の役宅
鎧之渡
0
200m
西
北
南
東

鎌倉河岸捕物控特別篇

「寛政元年の水遊び」

佐伯泰英

少年時代の政次、亮吉、彦四郎。
小さな冒険行が、思わぬ事件を呼び寄せる――。

一

寛政《かんせい》元年（一七八九）の夏、鎌倉河岸《かまくらがし》裏のむじな長屋にかぃあっと透き通った陽光が降り注いでいた。

刻限は九つ半（午後一時）を過ぎた頃合、長屋じゅうが暑さにへたばり、眠り呆《ほう》けていた。

一軒の長屋の開け放たれた戸口から黒い頭がちょろちょろと覗《のぞ》き、どぶ板の路地の左右を見ていたが、敷居を這うように出てきた。

七つ八つの年格好に見えたが、実際は十歳の亮吉《りょうきち》だ。その影が隣長屋の戸口で止まり、

「彦ちゃん」

と声を潜めて呼んだ。すると今度は、

のっそり

という感じで二人目彦四郎《ひこしろう》が出てきた。こっちは節のない竹っぽみたいにひょろりとしていた。並ぶと亮吉とは頭一つの差があった。
二人はどぶ板の上を音をさせないように足音を忍ばせて歩き、彦四郎の長屋と向かい合った戸口に向かった。すると、
そより
と微風のような身のこなしで三番目の少年が姿を見せた。
「政次《せいじ》、よく気がついたな」
亮吉が言い、政次が口に指を立てて、
しいっ
と制した。
三人は木戸口に向かわず長屋の裏庭の垣根の破れに潜り込んだ。
先頭はちびの亮吉だ。独楽鼠《こまねずみ》のように機敏な動きの亮吉の手が破れ垣根の間からなにかを取り出した。
三人の少年は破れた垣根の間に秘密の隠し場所を持っていたのだ。

三人は隣長屋の敷地に入り込み、さらに三河町の通りに出た。

通り全体が死んだようで人影一つなかった。

三人の濃い影がくっきりと路面に刻まれ、それが影絵のように鎌倉河岸裏の通りの路面を走った。

三人は三河町の町屋を抜け、御家人屋敷の間の路地を通り、豊後府内藩松平家と越前大野藩士井家の間の小路に入り込み、神田川に架かる昌平橋《しょうへいばし》へと出た。

三人はそこでようやく歩みを緩めた。

亮吉が拳《こぶし》で額の汗を拭《ぬぐ》い、

「暑い」

と言った。

「亮吉、今に涼しくならあ」

神田川の南岸の土手上に上がった竹っぽの彦四郎が応じ、亮吉が、

「そんなにいいとこか」

「よし、あったぜ」

と尋ねた。

「亮吉、綱定《つなさだ》の猪牙《ちょき》に乗せてもらい、見つけた場所だ。極楽みていなところだぜ」

そう言い合いながらも三人の少年の足は上流へと向かい、神田上水を江戸城内へと渡し流す大懸樋《かけひ》の下を抜けようとした。するとぽたぽたと水が垂れてきて、三人の少年の体にかかった。

川と船が好きな彦四郎は、大きくなったら船頭になると心に決めていた。龍閑橋《りゅうかんばし》の船宿綱定に通い、時に馴染《なじ》みの船頭に客を迎えにいく折など同乗させてもらっていた。だから、神田川、大川、日本橋川など、水路をよく知っていた。

「冷てえ」

「気持ちがいいや」

亮吉と彦四郎が言い合った。

三人目の政次は無口だった。だが、二人の仲間がそのことを気にする風もなく、

「政次がよ、よくおれたちの誘いに乗ったな」

と彦四郎が聞いた。

「おれたちは兄弟のちんころ犬みていにむじな長屋で一緒に育った仲だからな」

亮吉が応じたが、政次はなにも口を開かない。ただ、黙々と二人に従っていた。

政次は大きなお店《たな》に奉公して、いつの日か自分の店の看板を上げる商人《あきんど》になると心に誓っていた。だが、そのことをだれにも話したことはない。

「橋を渡るぜ」

「彦、向こう岸なのか」

「亮吉、水戸屋敷は神田川の向こう岸と決まっていらあ」

亮吉は未だ将来なにになるかなど、考えもしなかった。だが、三人が近い将来、むじな長屋を出て奉公に出ることは確かだった。

三人は土手から水道橋に出て、照り付ける日向《ひなた》の下を向こう岸へと渡った。橋を渡りきったところで彦四郎は土手に下り、二人が続いた。

「もう直《す》ぐだぜ」

「彦四郎、そこには人がいないんだな」

政次が初めて口を開いた。

「いないさ、だって流れの奥は水戸様のお屋敷だぜ。だれも近付かないよ」

「彦、門番に見付かってよ、六尺棒で殴られねえか」

亮吉が不安そうに声を上げた。

「心配か、亮吉」

「そうじゃねえがよ、聞いただけさ」

「水戸様のお屋敷の広さを知っているか」

「そんなもん知るか」

「十万一千八百三十一坪もあるんだぜ」

だれから聞いたか、彦四郎が物識《ものし》りぶりを発揮した。

「鎌倉河岸より広いのか」

「いくつも入るほど広いさ、亮吉。その広い敷地の西側から神田上水が屋敷に流れ込んでよ、庭にあるいくつもの大きな池を満たしているんだ。そいつがさ、またいくつもの流れに分かれて、神田川に流れ込む寸法だ。だからさ、屋敷の外の流れなんぞに一々家来の目が届かねえのさ」

と彦四郎が請け合ったとき、水のせせらぎの音が三人の耳に聞こえてきた。涼気がすうっと少年たちの体を撫《な》でた。

神田川へ清流が流れ込んでいた。

「涼しいな」

「だろう。湧《わ》き水も湧いているからよ、水が冷たいんだよ」

三人は水戸家の屋敷から流れ出る川幅五間（約九メートル）ほどの流れの縁、神田川との合流部に出た。

彦四郎は神田川に往来する船がいないことを見回して確かめ、重なり合った葉《は》邨《むら》へ体を潜り込ませた。二人が続き、葉邨を抜けると、ふいに視界が開けた。流れの両岸に木漏れ日が落ちて、木影が風に戦《そよ》いで地面に揺れていた。光があたった水面もきらきらと眩《まぶ》しく輝いた。だが、気持ちのいい照り返しだ。

「ふうっ、涼しいぜ」

「な、おれがいったろ」

「魚も泳ぐのが見えらあ」

亮吉と彦四郎が言い合い、

「ちょいと我慢しな、もっと極楽に案内するからよ」

と彦四郎が水のせせらぎの奥へと二人を案内していった。ものの一丁（約一〇九メートル）も遡《さかのぼ》ったか、流れが膨らみ、小さな池を作っていた。

「どうだ、水遊びできるだろう」

彦四郎が威張った。

「こいつは凄いぜ」

亮吉が目をまん丸くして驚き、急いで継ぎの当たった単衣を脱ぎ捨てた。そして、手にしてきた風呂敷《ふろしき》包みを解くと三本の晒し木綿を出した。どこで用意したものか、少年たちは水浴用の六尺褌《ふんどし》を用意していたのだ。

亮吉が下帯を脱ぎ捨て、晒しの端を器用に肩にかけ、股間《こかん》から尻にもう一方の端を通して六尺褌を締め始めた。すると彦四郎も、最後に政次も真似《まね》た。

「亮吉、まだちんちんに毛が生えてないのか」

彦四郎が褌を締めながら小柄な亮吉の股間を覗き込み、聞いた。

「見るな、彦。毛なんぞ生えるものか」

亮吉が慌てて前を隠した。

「おれは生えたぞ、ちくちくして痛いや」

「彦四郎、深くはないか」

と話を変えるように政次が彦四郎に聞いた。

「政次、見てみな。水底が見えるだろう」

「うん、水底から水が湧いているのが見えるよ」

「神田川の水は飲めねえが、ここなら飲んでも大丈夫だぜ」

六尺褌を締め終えた亮吉が最初に岸辺から片足を池に入れ、

「冷てえや、気持ちがいいぜ」

と飛び込んだ。

彦四郎も続いた。だが、政次は三人が脱ぎ捨てた単衣を一緒にして風呂敷に包み込むと、池の上に青々と繁った葉を広げた大紅葉《もみじ》の枝の間に乗せた。

「政次、極楽だぜ」

亮吉が政次を呼び、三人目の政次が静かに池に身を浸して、

「火照った体がすうっと涼しくなったよ」

とにっこりと笑った。

二

三人の少年は水に潜り、我流の泳ぎで小さな池を往復し、時間が過ぎるのを忘れていた。

「彦、ここはおいらたちの秘密の場所にしようぜ」

「おお、いいとも」

言い合う二人を制した政次が流れの上流を、水戸屋敷の方を見た。人の気配がこちらに近付いていた。

「不味《まず》い」

彦四郎が慌て、亮吉が泣き出しそうな顔をした。

「慌てるな、彦四郎、亮吉」

政次が二人の仲間を叱《しか》り付け、自ら先導するように池から上がり、池を囲むように差しかけた木の茂みの蔭《かげ》へと這って行った。

三人が隠れた前後、二人の若侍が姿を見せた。

藪蔭《やぶかげ》から見ているとも知らず旅仕度の二人は、腰から大小を抜くと池の岸辺にどさりと腰を下ろした。それまで三人が水浴をしていた岸辺だ。

「半澤《はんざわ》様はここで待てと申されたのだな、新吾《しんご》」

「いかにも、さよう申された」

「日が落ちてから江戸を出るつもりか」

「追っ手が現れぬとも知れぬ水戸行きだ。用心に越したことはあるまい」

二人の若侍は肩に負った道中嚢《のう》の紐《ひも》を解いて下ろし、道中羽織を脱いで畳み、刀と道中嚢を羽織と一緒にした。一人がそれを枕にして岸辺に寝そべるともう一人が真似た。

「五郎次《ごろうじ》、それほど国許《くにもと》の事情は酷いか」

新吾と呼ばれた若侍が聞いた。

呼びかけた様子から新吾は江戸藩邸詰め、もう一人の五郎次は国許水戸の奉公と知れた。どちらも下士でもなく、といって高位の身分とも思えなかった。

「江戸定府では領内の事情は分かるまい。そもそもわが藩は二十五万石の実高しかないところへ紀伊、尾張と格を合わせるために三十六万石まで内高を上げられた、元禄《げんろく》十四年の話よ。だが、紀伊、尾張と異なり、わが領内では南部しか米作は出来ぬ。東と西に畑作地はあるが江戸で換金できる作物は、せいぜい紙、煙草《タバコ》、蒟蒻《こんにゃく》くらいだ。三代の綱条《つなえだ》様の時代から藩政改革が何度行われたことか。以後、享保《きょうほう》、寛延《かんえん》、宝暦《ほうれき》と改革は幾たびとなく繰り返されたが、その悉くが失敗に帰した。領内を歩いてみよ、百姓が逃散《ちょうさん》した手余り地ばかりだ。このところさらに急激に領民が減っておる、ということは年貢の集まりがさらに厳しいということだ」

「此度《こたび》の改革が失敗となれば、御三家水戸はもはや体面も保てまい」

「それだけに子を増やし、貸付をして新たに殖産を興し、疲弊した在郷に活況を取り戻さねばならぬ。それも早急にだ」

「それには当座の資金がいろう」

「そこだ。そのため、国家老の太田《おおた》様は領内の分限者《ぶげんしゃ》から金子《きんす》を募り、身分を士分並に取り立てることを企てておられる。ところが、江戸藩邸内では御三家の士分を金子で売るのかと反対なされる声が強い」

「わが藩は定府だけに、江戸藩邸と水戸城下が角突き合わせて、意見が一致を見ることはないからな」

「貧乏の上に諍《いさか》いが絶えぬでは、藩政改革など無理な話だ」

「だからこそ此度の英断、献金上士制を承認なされた治保様の書付がなにより大事ということだ」

二人の視線が枕にしていた道中嚢にいった。どうやら藩主の書付を道中嚢に入れているらしい。

「五郎次、道中、殿の書付を奪う輩《やから》が現れると思うか」

「そう考えたほうがよい、新吾」

と話し合っていた若侍二人は、いつしか寝息を立てて眠り込んでいた。

「政次、どうする」

亮吉が泣きそうな顔で聞いた。

「褌一丁で江戸の町が歩けるか」

「着替えはどうした」

政次が大紅葉の枝の間を指した。そこは二人の若侍が昼寝を始めた岸辺の近くだった。

「あれじゃあ取れないよ」

「あいつらがこの場から立ち去るまで待つしかあるまい」

「政次、おまえ、落ち着いているがよ、おっ母さんにこっぴどく叱られるぜ」

「話を聞いたなと刀で斬り殺されてもいいのか」

「あの話、そんなに大事な話か」

「御三家の秘密だ。外に洩《も》らすなど、それが知れたら、あの二人は切腹ものだぞ」

と政次が言い切り、

「今は待つしかない」

と付け足した。

時がゆるゆると流れ、木立の間から西日が差し込んできた。

異変が起きたのは日が沈んだ後だ。

まず二人の若侍が午睡から目覚めた。そして、伸びをしながら辺りを見回し、

「半澤様は遅いではないか」

と新吾と呼ばれた富田《とみた》新吾が三村《みむら》五郎次に言った。

五郎次は鬱蒼《うっそう》とした林の間にぽっかりと口を開けた池と流れを見ていたが、

「早、六つ（午後六時）は過ぎていよう」

と不安げな声を上げた。

水面には夕暮れの光が映り、黄金色に輝いていた。

「なんぞあったか」

富田新吾と呼ばれた若侍が立ち上がると、池の照り返しが顔に当たり、黄金色に染めた。

そのとき、池の水面に風が吹き渡り、漣《さざなみ》が水面を揺らした。

ふわっ
という感じで、その武家は現れた。

「半澤様、お待ちしておりました」

と呼び掛けられた武家は旅仕度ではなかった。

三村五郎次が慌てて立ち上がった。

「富田、殿の書状、しかと持参しておるな」

「はい、確かに」

新吾は足元に置かれた道中嚢を見た。五郎次が、

「半澤様、水戸へ同道なされないのでございますか」

と訝《いぶか》しそうに訊いた。

うーむ
と曖昧《あいまい》に答えた半澤が腰を沈める歩き方でするすると富田新吾に近付くと、いきなり抜き打ちに新吾の肩口を深々と斬《き》り付けた。

ぎええっ！

という絶叫が響き渡り、血飛沫《ちしぶき》が、
ぱあっ
と夕闇の虚空に舞い広がり、新吾の体がきりきり舞いに倒れ込んだ。

三村五郎次はなにが起こったか理解がつかない様子で立っていた。だが、卒然と覚ったように、

「半澤様、裏切られましたな！」

と叫ぶと、岸辺に寝かせた剣に飛び付こうとした。

「今頃気付いても遅いわ」

「江戸家老、山科《やましな》様派に転ばれましたか」

「うるさいわ、死ね」

半澤は武芸の達人と見えて、腰が据わり、必死で苦境を逃れようとする五郎次を平然と追い詰めていった。

五郎次の手が刀にかかった。だが、それを半澤の足先が蹴《け》り飛ばした。

半澤は猫が鼠をいたぶるように五郎次を冷酷非情にも追い詰め、大紅葉の幹元

に追い込んでおいて、血に塗れた剣を再び振るおうとした。

そのとき、政次は恐怖を忘れて怒りの感情に見舞われていた。

「汚いぞ、半澤！　味方を裏切って殺すつもりか！」

政次の叫びに彦四郎も亮吉も硬直していた体を振り絞り、

「ずるいぞ！」

「裏切り者！」

と叫んでいた。

三人の少年は、それが唯一つ我を忘れて叫び続けた。

半澤は斬撃《ざんげき》を中止して、政次たちが潜む藪蔭を物凄い形相《ぎょうそう》で睨《にら》んだ。日が落ちたせいで顔は暗く沈んで、目玉だけがぎらぎらと光っていた。

政次たちは残照の差し込む鬱蒼とした森を背後にした半澤の顔に恐怖を覚えた。

だが、その恐怖を忘れるように声を出し続けた。

どれほどの時間が過ぎたか、何事か五郎次に言いかけた半澤が森の奥へと姿を消した。

三村五郎次は一瞬、虚脱の表情を見せたが、

「新吾！」

と叫ぶと、倒れた友の体に飛び付いた。

「新吾、起きよ、目を覚ませ！」

と叫ぶ五郎次がふと我に返り、顔を上げて政次たちが潜む藪蔭を見た。

三

「だれかおるのか」

政次がまず立ち上がり、藪蔭を揺らして池の端に出た。

彦四郎と亮吉も続いた。

三村五郎次は茜色《あかね》に濁った残照に浮かんだ少年たちの褌だけの姿に驚かされた。

だが、直ぐに事情を覚ったか、

「助かった、礼を申す」

と正直な言葉を洩らした。

「三村様、水戸へ急行されるのがまず大事ではございませんか。あいつが助けを呼んで戻ってきますよ」

政次は今や落ち着きを取り戻して注意した。

「いかにもさようであった」

五郎次は新吾と自分の道中嚢を手に摑み、刀を腰に戻した。そして、ふと気付いたように三人の少年に聞いた。

「名はなんと申す」

「おれたちかい。鎌倉河岸裏の亮吉とよ、彦四郎と政次だよ」

亮吉が咄嗟《とっさ》に答え、五郎次が、

「そなたらは命の恩人である。改めて礼に伺う。それがしには差し迫った大事な遣いがござる。これにて御免」

と言い残すと、池の岸辺から神田川の方角へと姿を消し去った。

政次たちは言葉もなく見送っていたが、

「彦四郎、亮吉、おれたちも逃げ出すぞ」

と政次が命じた。

大紅葉の枝の間に乗せた着替えの風呂敷包を下ろすと三人は慌てて、着替えた。

「忘れ物がないようにしろ」

政次の注意に彦四郎と亮吉がすでに薄闇に沈んだ池の辺りを見回し、亮吉が、

「政次、濡れた褌どうしよう」

と聞いた。

「なに一つここに残しちゃいけない」

政次が念を入れて見回し、三本の褌を風呂敷に包み込んだ。

「行くぞ」

流れに沿って神田川の合流部まで下った。対岸の土手も闇に包まれていた。土手を這い登りながら、

「政次、おっ母さんに怒られるぜ」

と亮吉が情けない声を出した。足を止めた政次が友二人を険しい顔で睨んだ。

「よく聞け。亮吉、彦四郎、今日見たことは絶対にだれにも話しちゃいけないよ」

「だってこんなに晩《おそ》くなったんだよ。ちゃんと話さないと殴られるぜ」

「亮吉、親に殴られるのと、あいつに斬り殺されるのとどっちを選ぶ」

「えっ、そんな」

亮吉の顔は今にも泣き崩れそうだった。

「いいか、よく聞くんだ。おれたちが今日耳にしたことは水戸様の大事だ。外には絶対に洩れてはならない話なんだ。おれたちが親に喋ってみな、あの親のことだ、長屋でまず喋り、長屋の連中があちらこちらで話しまくるに決まっていらあ」

「間違いねえな」

と彦四郎が言う。

「この話が鎌倉河岸じゅうに広がり、水戸藩の半澤に知られてみな。どうなる」

「おれたちを殺しにくるか」

亮吉が政次に聞いた。

「ああっ、間違いない」

「嫌だ、政次。おれは死にたくないよ」

と亮吉がとうとう泣き出した。

「泣こうと喚《わめ》こうと亮吉の勝手だ。だが、このことだけはだれにも話してはならない。三人の秘密だ、守れるか」

政次が土手の途中で二人の友を凝視した。

「いつもの約定《やくじょう》してもいいぜ」

と彦四郎が応《こた》えた。

「よし」

と答えた政次が泣きじゃくる亮吉を睨んだ。

「死にたくねえよ」

「ならば、おれたち三人だけの秘密だぞ」

「うーん」

三人の少年は継ぎの当たった筒袖《つつそで》の前を広げた。

神田川に向かって一列に並んだ政次、彦四郎、亮吉の三人は、縮んだおちんちんを手で引っ張り出した。

「いいか、願いの呪文《じゅもん》を間違えるなよ」

「分かったよ、政次」

と亮吉が答え、三人が交代で言い合った。まず政次が真剣な声で唱え、

「とべとべ小便、ねがいは一つ、ひみつは守る。一生守る」

「やぶった奴は閻魔《えんま》様に喰《く》われて地獄に落ちろ」

と彦四郎が続き、最後に泣き止んだ亮吉が、

「まもった奴は金銀財宝極楽暮らし」

と叫ぶように夕空に声を張り上げた。

だれが言い出したか知らないが、三人の約定の呪文だった。そして、少年たちの股間から、夕焼けに染まった細い糸の小便が神田川へと落ちていった。それは殺された若侍の血飛沫のように見えた。

「よし、むじな長屋に戻るぞ」

政次が言い、土手を登り始めた。

その後を彦四郎が続いた。最後にちびの亮吉が従いながら、

「母ちゃんに怒られるよ、お父っちゃんにぶたれるよ」

とまた泣き出した。

佐伯泰英インタビュー

鎌倉河岸捕物控を語る

聞き手・細谷正充（文芸評論家）

著者の代表的なシリーズとなった「鎌倉河岸」シリーズの魅力を余すところなく語ります。

時代小説を書き始めたきっかけ

細谷　よろしくお願いします。
佐伯　よろしくお願いします。
細谷　時代小説を書き始めたころから、『瑠璃《るり》の寺』、『異風者《いひゅもん》』、「鎌倉河岸」のお話をお伺いできればと思います。時代小説を書き始めたきっかけは、ほとんどの人はご存じだと思いますけれども、どのようなものだったのでしょう。
佐伯　要は現代もので行き詰まったということです。今の作家の場合、行き詰まるというのは売れ行きが悪くて次の本

のお呼びがかからないというのが多いんでしょうけど、私の場合もそのケースです。

ノベルスで現代ものをやっていた時期、動きが芳しくないということで、引導を渡されました。四冊続いたシリーズが、これ以上はちょっと無理だってとある出版社から言われて、私があまりに気落ちしていたからでしょう、編集者が、佐伯にはもう残るは官能か時代小説ですねというようなことを言われた。それがきっかけです。

こころの片隅にいつか時代小説を書きたいなというおぼろげな気持ち、最後はそんなところに行き着くんじゃないかなという気持ちはなくはなかったんです。この二つがきっかけになったということです。誰しも新しい冒険をするのは怖いんで、そのまま現代ものを続けて出せていけるような状況だったらそのままいったのかもわからないけど、その言葉がいいきっかけになったんだと思います。

出版界は厳しいですから、僕のケースは特別なケースでも何でもないし、売れ行きが悪ければ、当然そういうお話というのはどなたにもあるんです。すがる思

著者

いで時代小説を書き始めたことだけは確かです。諸々のことが重なって大きな転機を迎えた。それが一九九九年だったと思います。

細谷　以前お聞きした話なんですけど、最初「密命」（祥伝社刊）を書いている最中に時代小説を書いているんだよと言ったところ、うちでもと言われて『瑠璃の寺』を書くことになったと。ほとんど同時期ですよね。

佐伯　出版はほぼ同時期なんですけど、「密命」が先です。時代小説に転向する、形にすると言ったところで今まで現代もので実績のない作家ですから、時代ものをやり始めたからといって、すぐ他社からお呼びがかかるわけじゃありません。一社だけじゃしんどいなと、ない知恵をしぼって考えた。その当時、ハルキ文庫が始まったばかりで、新しく文庫を出されたところだったら意外と可能性が

NHK土曜時代劇

ドラマ化決定!

「陽炎の辻」に続く
土曜時代劇の新シリーズ!!

佐伯泰英 原作

まっつぐ

鎌倉河岸捕物控

放送予定

2010年4月17日(土)スタート!
NHK総合ほか 19時30分～

主演 橘 慶太　中尾明慶　小柳 友　柳生みゆ
南野陽子　山本 學　竹中直人　松平 健 ほか

大好評既刊本

佐伯泰英

時代小説文庫

鎌倉河岸捕物控シリーズ

新装版

橘花の仇〈一〉
政次、奔る〈二〉
御金座破り〈三〉
暴れ彦四郎〈四〉
古町殺し〈五〉
引札屋おもん〈六〉
下駄貫の死〈七〉
銀のなえし〈八〉

新装版

道場破り〈九〉
埋みの棘〈十〉
代がわり〈十一〉
冬の蜉蝣〈十二〉
独り祝言〈十三〉
隠居宗五郎〈十四〉
夢の夢〈十五〉
新刊 八丁堀の火事〈十六〉

「鎌倉河岸捕物控」読本

角川春樹事務所

www.kadokawaharuki.co.jp/

あるかなと、今まで書いていた現代ものを持って角川春樹事務所に行ったんです。そのとき応対してくれた編集者の方が当然なことを申された。うちは文庫後発だから、佐伯さんの気持ちはわかるけど実績があるものしかちょっと無理ですと。それでも帰り際に、今、何をやっていらっしゃるんですかと言うから、時代小説を書き始めたと答えると、じゃあ、そちらを書いていらっしゃいよというお話で、それが『瑠璃の寺』（文庫化で改題『悲愁の剣』）だったんです。

「密命」を書き上げたばかりで、まだ形になる、ならないがわからない時期ぐらいだったと思うんです。だから、二作目に『瑠璃の寺』を書いても、結局出版は同時期になっちゃったという感じです。

細谷　ここで二冊をぽんぽんと出されて、それから時代小説のほうに……。

佐伯　うん。転向したというか、させられたというか。性格的に一つのことをやり始めたら過去を清算するというか退路を断つという悪い癖がございまして、現代ものと時代小説を並行して書いていくという、そんな器用さがない。時代ものをやり始めたら時代もの一辺倒。それが好きなんです。すごく好きなんです。

不器用な人間が新しいことをはじめる以上、それに専念するべきと考えてしまうんです。

ともかく、じゃあ、時代小説だけを書いていくよという感じで書き始めまして、一年目が確か「密命」の一作目と、『瑠璃の寺』と、「密命」の二作目が出ていたか出ていないか、要は二冊か三冊ぐらいです。現代物よりは反響はありました。「密命」がなんとも不思議なことに、増刷の声がかかったのです。僕の作家人生の中で初めてです。それも時代小説で増刷になったというお電話をいただきました。それからです。少しずつ少しずつ部数が増していったのは――。

時代小説を書き始めた三年ぐらいは当然のことながら時代小説を書くスタイルもできていなかった。時代小説にどうかかわっていっていいのかわからない時期が二、三年続いたと思うんです。だから最初のシリーズの三、四冊ぐらいまでは、やはり不安定で作者の気持ちもぶれているし、小説もぶれていた時期があるんじゃないかなと思うんですけど。

だからハルキ文庫でたとえると、『瑠璃の寺』から『異風者』までは連作など考えていない時期。「密命」もそうなんです。作者は連作など考える余裕はない。そのとき形になるものしか考えていないから。

「密命」がいい例です。一作としか考えてないから、主人公の金杉惣三郎《かなすぎそうざぶろう》を作中で一気に年をとらせてしまった。二作目なんて展望は、作者にも出版社にもない。これは『瑠璃の寺』にしても同じでしょう。小説の舞台の江戸から長崎に結末で帰してしまった。そこで次に『異風者』では、はっきりと一作完結を意図しました。

細谷正充氏

そのうち時代小説書き下ろしというスタイルが求めているもの、読者が考えているものがおぼろげに見えてきて、連作スタイルの『橘花《きっか》の仇』が始まった。
細谷　すると『橘花の仇』は最初からシリーズの構想はあったのですか？
佐伯　うん、それはあった。最初から念頭にあったのは、何となく江戸時代の青春グラフィティーみたいな、そういうのにしたかった。だから若い十代の三人の男の子というか若い衆が自分の居場所を見つけて成長していく過程、それを描けたらなという構想が出来ていた。金座裏という物語展開の核はあったんだけど、もうひとつ狂言回しの舞台がいると思った。そこで『江戸名所図会』で知った豊島屋さんを「鎌倉河岸」シリーズのグランドホテルにしようと考えたんです。しかしまさか、主な舞台となった豊島屋さんが現存して、盛業されていようとは、作者も考えなかった。ただ、江戸の青春物が書けたらなと思ったのです。ともかく最初から連作を考えていました。

細谷　『瑠璃の寺』、『異風者』というのを書いていただいて、「鎌倉河岸」を始められたときというのは、先生の時代小説の仕事の波がちょうどのってきたときですかね。

佐伯　そうですね。少しわかりかけてきた。時代小説の間とかリズムがね。自分の生活も確立していった。小説書き佐伯にとって時代小説は最後に残された賭けでした。あまり構えたものじゃなくて、読んでいる間だけでも浮世の憂《う》さや辛さを忘れるような小説であれば、よいと考えました。ちょっぴりの救いがあればいいなという感じで書いています。

どのシリーズでもそうですけど、三、四作目までは手探りです。展開も登場人物もはっきりとしていませんしね。でも、三、四作続けて書くと分かるんです。この方向でいいというのが。「密命」でいえば四作目の「刺客」あたりかな。ハルキ文庫では『橘花の仇』がそれにあたるんじゃないでしょうか。

編集部　ハルキ文庫でも、『橘花の仇』を刊行させてもらった時点では、時代小説文庫というのは始めていなかったんです。

佐伯　そう、なかった。

編集部　二冊目のときが創刊なんです。

佐伯　あの当時はまだ、時代小説にしろ、時代小説に活路を見出そうと出版界も思っていなかったですよね。僕と同じように追い詰められた作家たちが、がむしゃらに必死に、そこに向かってどんどん参入していった。あれが二〇〇〇年ぐらいですか。

細谷　そうですね。あの頃から各出版社が参入してきました。

佐伯　文庫書き下ろし時代小説というスタイルが増えていったその時期と私の時代小説転向が重なったんです。でも、何か五、六年たって時代小説はちょっと飽和状態じゃないかという話が耳に聞こえてくるけどね。

僕は現代ものといったら遅すぎたノベルス世代ですから、だからあの先のない沈滞、漠たる不安というのは一回経験しているわけでしょう。

編集部　ハードロマンや戦記シミュレーション分野ですよね。各社でこれを出せば売れるというのをこぞって出し合って、書店のコーナーを埋めつくす勢いで出してましたね。どの出版社からも同じジャンルが出ているという感じで、明らかに飽和状態になっていました。時代小説も、各社で数多く出されているんですが……。

佐伯　そうなんだよね。

細谷　特に文庫で特定ジャンルのレーベルがこんなにあるのは時代小説だけなんです。時代小説文庫で時代小説しか出さない。ほかのジャンルは基本的にそういうのはないです。ハヤカワのSF文庫とかは別として。でも普通は、例えばミステリーなんてあんなに人気があったときに、ミステリー文庫なんて一部を除いて出ませんでしたから。

佐伯　そうですね。ハードボイルドの最盛期に、ハードボイルド文庫があったかというと、確かにないですね。時代小説は日本の読み物文学の中じゃ、特異な存在かもしれませんね。なにしろ一番歴史が長い、講談以来ずっと続いている系譜ですよね。常にどんな時代も一定の読者層は絶対にいる。その方々を芸か物語の展開か、飽きさせなければその読者が、僕らみたいな読み物作家を生かしてくれるというか、食べさせてくれるという世界ではあるんです。

編集部　そうですね。読者が求める作品があったから、今の時代小説ブームが出来たのだと思います。さすがにこの出版数には驚きますが……。

細谷　いや、でも正直言っちゃうとかなりレベルは問題です。あれ、何でこんな昭和三〇年代の貸し本時代小説に戻っているんだろうみたいな内容のものがありますからね。

佐伯　時代小説をどうとらえるのかという問題になってくるのかもわかりませんけれども、だから僕の場合は、時代小説を書こうとするとき、現代から物語を考えます。僕らの先輩たちはちゃんと漢文の素養があり、一次資料をお読みになられた人たちが江戸の空気を肌で承知なさっていた。それから江戸末期に岡本綺堂さんなんかが、幕末の空気を体で知っているわけですから、その世代の次の弟子ぐらいまでは雰囲気をもっていた。一方、僕らはその空気を知らない、戦争も大震災も受けてきて、江戸の名残りも消えてしまった。このように、一次資料が読めない作家が時代小説を書こうとしたときに、僕の立つ位置はどこだと考えました。江戸というところから物事を発想しない。現代から発想をする。それを江戸時代という近過去に仮託して、物語を展開していけばいいじゃないかと思った。だから、必要最小限度の時代考証というか、時代の知識は入れるにしても、あまりそこにこだわることはやるまいというのが僕の考えです。現代というところから時代小説というスタイルを考えたとき、どういうことができるだろうかというのが僕の時代小説でした。

ちょうど僕が時代小説を書き始めたときは、やはりバブルが崩壊して一番日本社会がのたうち回り、だれもが希望を見出せないでいた、閉塞感に満ちた時代であって、その人たちに少しの間だけでもほっとする時間が与えられたら、共有できたらいいなという思いがありました。

僕の場合は明らかに立つ位置は現代から考えての江戸時代小説です。「鎌倉河岸」も、そうだと思います。繰り返しになりますが、「鎌倉河岸」シリーズが出版されて、豊島屋さんから手紙をいただいて、あの舞台はうちですと言われたときは、えっ、という感じでした。『江戸名所図会』に出てくるような名店が今にあるということを全然念頭に入れていなかったんです。私の想念には平成と江戸は別物という潜在意識があったんだと思う。それを豊島屋さんの吉村氏から指摘されて、愕然《がくぜん》としました。そんなふうにして僕の場合は、今から考えた、平成一八年の夏から考えた「鎌倉河岸」物語なんです。

例えば今起こっている、巷の事件というのは、母親が子供を殺したり、子供が母親を傷つけるというのを、そういうのを少し、自分なりに色づけを変えてそこへ出していってもいいじゃないか、江戸の事件からあえてとらなくてもいいんじゃないかなというふうには考えてやってきました。

細谷 このシリーズは捕物帳なんで犯罪事件が出てきます。やっぱり読んでいると現代の事件と非常に通じるようなものがありますね。

佐伯 自分ではそう思って書いてきた。ただ、時代小説のファンの方というのは、江戸趣味とか江戸の雰囲気というのはどうしても求められるんで、その辺は、例えば地名なら地名というのははっきりちゃんと書いて出そうというふうに自分では考えていますけど。色合いからすれば時代小説と言えるのか……。時代小説ふう現代小説かもわからないし、あんまりその辺は考えずにやっているんですけど。

細谷 いわゆる、まげをのせた現代小説という言い方がありますけれども……。

佐伯 うん。そう分析されても位置づけをなされても僕としては一向に構わないことです。

「鎌倉河岸」シリーズの生い立ち

細谷　また、ちょっとシリーズの話になりますけれども、先ほどシリーズ化は最初から考えられていたとおっしゃっていましたけれども、これは読んでみると一冊目がしほの話で、二冊目が政次、三冊目が亮吉、四冊目は彦四郎で、五冊目で金座裏宗五郎と。これは最初から考えてのことでしたか？

佐伯　時代小説を書き始めて、三年か四年経ってたんで、何か明確な色合いを一冊ずつ出そう、だから一作五話の捕物、あるいは六話の事件の中でその色合いを変えるんじゃなくて、一人一人に焦点を当てていきたいなというのはありました。

さっき言った青春グラフィティーというのはまさにそのことなんで、政次ばかりが格好よく光が当たるように見えるけれども、実はそうじゃなくて、政次、亮吉、彦四郎には個々のキャラクターがある。この三人の若者にしほを含めての青春群像江戸物語なんです。
細谷　ちょっと、今の作品の流れと先ほど申し上げましたけれども、政次が主人公みたいな感じになっていますね。
佐伯　連作というのは一冊一冊の主人公と、長い時の流れの主人公が要《い》ります。そうしなければ、シリーズを持続させる力が不足します。二つの役割をこなせる人物というのはそういないんですよ。三人にしほ、宗五郎、一度豊島屋の主の清蔵さんは、ちょっぴり哀しい老い楽の恋模様をみせてくれましたけど……。
　ともかく、ずっと後まで物語を引っ張っていく人物がいたほうが読者としてはすごく次が読みやすいというか、次へ興味をつなげてくれるんじゃないかなと思って、そういう形に戻しています。
細谷　一作目で、政次が金座裏の後を継ぐんじゃないのかなというのは、念頭にあったのでしょうか？
佐伯　おぼろげにありましたね。どういうわけか、僕の物語は後継者をあまり考えていないんだけど、「鎌倉河岸」に限らず、意外とどこも後継者がいないんだよね。「居眠り磐音《いわね》」シリーズ（双葉社刊）もそうなんだ。気がついてみると、あら、子供がいないよという感じがあって困るんです。

細谷　言われてみるとそうですね。

佐伯　ここもそうなんです。

細谷　政次に継がせるというのは一作目から意識されていたんですか。

佐伯　何となくあった。それはもう明らかにあった。

編集部　すごいですよね。計算されたように描かれていますよね。

佐伯　計算は全くしていない。第一計算が基本的にできないの。計算を言葉を変えて構成と言ってもいいなと思うんだけど、構成しちゃうと全く身動きがつかなくなる。一章目でこういう展開をし、二章目でこういう展開をし、伏線を張っておいて、ここでどうのというのを現代ものを書いているときに一度やったことがある。

ともかく、構成はかっちりしなさいとさる大家から言われたから、それはと思って、プロットを作ってみたんだよ。全然だめでした。僕の場合冒頭に何かの小さな事件なり、光景があるところから物語を膨らませていくタイプ。それから物語を流していくスタイルです。

細谷　政次、亮吉、彦四郎、幼なじみ三人ですけれども、この中では亮吉の描き方が一番難しいのかなと思うんですけど……。

佐伯　そうですね。彼の立場や心理を考えると、やっぱり難しいです。一番ぶれるというか、ぐれるというか、それでトリックスターというか狂言回しの役を演じてもらってますから。諧謔《かいぎゃく》を弄《ろう》してみたり、笑いにごまかしてはいるんだけど、一番頭のいい人物像かもわからない。

細谷　非常に象徴的だなと思うのが、政次と彦四郎はタイトルになっているのに、亮吉だけ一切タイトルに出ていません。いや、それが実にらしいんですよね。

佐伯　でも、書いていて楽というか、楽しいのは亮吉です。いろいろと思わぬ面を出してくれるんです。一方、彦四郎は何となく堅実な生き方で、いつか好きな女の人を見つけ、きっと問題になるような恋ではなく、長屋なり何なりで所帯を持っていくだろうと何となく見えるんだけど、亮吉の場合は今のところ全く見えない。一番先が読めない人物ではあります。

細谷　シリーズの人物の中で一番悩みが多くて、政次が十代目に決まって呼ばれたときにも彼は失踪しちゃいます。だから、政次とか彦四郎というのは、もう自分の生きる道というのがかっちり決まっている。だけど、亮吉だけはどこに行っちゃうのかわからないような……。

佐伯　金座裏のよき番頭というか政次の片腕に育てなければいけないんでしょうね。だが、亮吉はまだまだ迷うというか、ぐれるかもしれない。それが亮吉なんですよね。亮吉は死んだ下駄貫の分身みたいな面もありますよね。政次との関わりにおいて、下駄貫が亮吉の複雑な気持ちを代弁しているようなところもありますし、新しい面を見せてくれるのではないでしょうか。

細谷　下駄貫の死というのもかなりショッキングでしたけれども、結構早くから亮吉とそりが合わない感じがしました。

佐伯　亮吉とそりが合わないというより、政次に対する嫉妬《しっと》というか、反発みたいな感じがどこかにあったんでしょう。八百亀までいっちゃうと、もう老練で、宗五郎とも政次とも間合いがとれる年齢になっている。下駄貫の場合、ちょうど中途半端な位置にいたから、中間管理職のプレッシャーとか悲哀みたいなものが、あったと思う。それが悲劇を生ませた。

細谷 佐伯さんが書かれているシリーズものの中で、純然たる町人を主人公にしているシリーズというのはこれだけですよね。

佐伯 そうですね。時代小説を志した作家は一度は捕物帳にどこかで挑戦したいと考えていますよね。僕の場合、それもありましたが市井ものを書きたいという希求も強かった。江戸時代の若者たちがどんなふうに悩んでいたのかという、現代から考えた江戸の若者の喜怒哀楽をどう表現したらいいのかなというのが一番大きかったかな。それが「鎌倉河岸」シリーズです。

細谷 このシリーズでいうと、若者たちがいて、さらにその上に、上というより後ろに金座裏の宗五郎たちのような大人たちがでんと控えている構造があって、これが非常に安心感があると思うんですけれども。

佐伯 僕の時代小説が読者の方にもし受け入れられたとするならば、おそらく革新的な時代小説ではなかったからですよ。完全なアウトローって書こうと思っても書けないですし、幕藩体制という中で、いろいろなしがらみを持った下級武士とか浪人とか、あるいは金座裏にしてもつながりを持っている連中たちを書いただけです。日本人って、どこかに帰属していないとすごく不安な民族じゃないですか。農耕民族のせいなのか何なのか。遊牧民族なら、主《あるじ》はいませんしね、自然が主だともいえるから自分の行動は自分で決めるけど、日本の場合はそれがないので、常に権威というのがどこかにちらっ、ちらっと出てくるんです、よくも悪くも。僕の時代小説にもそれがある。だから、日本のサラリーマンの読者に安心して読んでいただけるのかも知れない、そんな気はしています。金座裏に関しても、町人なんだけど密接に徳川幕府につながっていますね。

細谷　この金座裏の岡っ引き、これはもう完全な創作ですか。

佐伯　全くの創作です。十手というものは、階級差とか身分差によって房《ふさ》というのは違うらしいんだけど、やっぱり何かいわくがあったほうがいいかなと。そのほうが個性が際立《きわだ》つのかな、なんて思ったりしたのが『金流しの十手』の創作でした。また、金流しの十手を許される背景として金座裏に家を構えさせて、お上の御用を務めてきたという設定ですよね。宗五郎は町人とは言い条、結局家康の関東入国までさかのぼれるぐらいの町人の一人ですよね。幕府と密につながる意味からはただの町人では決してない。

編集部　「鎌倉河岸」の設定は感心しますよね。普通の岡っ引きというのはとてもとても食べていけない。けれどもこのシリーズでは、古町町人としてのつながりで後藤家からずっとお役を預かっていて、女房を働かせることもない。さらに下っ引きも養っていけるという他にはない設定です。

佐伯　実際、御用聞きは正式な町奉行所の雇員でもないし、俸給も実に安い。お上としては金銭で優遇しない代わりに、風呂屋の権利とか与えて、女房に稼がせる。そんな事実を踏襲してこれまでの捕物帳は成り立ってますよね。何で考えついたかよくわからないけど。古地図を見ていて金座というのが城の近くにあったから、そうか、金座裏に、なんぞ曰《いわ》くのある御用聞きを住まわせてもいいじゃないかと考えていた。

細谷　そうすると、鎌倉河岸、古町町人、金座裏というのは、どれが一番最初に出てきたんでしょう。

佐伯　ほとんど同時です。鎌倉河岸は千代田の御城を建築したときの建築資材の荷揚げ場だったようですね。あそこから江戸は始まったともいえる。武家地のようで武家地ではない。町屋かというと純粋に町屋とも言い難い。なにしろ前は御城、背後も武家地、そこにぽっかりと〝町〟がある。その河岸では朝市が開かれ、人が集まる。船着場には荷足舟、猪牙《ちょき》舟《ぶね》、百姓舟が舫《もや》われ、河岸には荷馬がつながれている。それで桃の季節になると豊島屋が名物の白酒を売り出して、武家から庶民までが買いに押しかける。武家と町人が混然としたパブリックスペースをつくっている、それが鎌倉河岸ですよね。

細谷　このシリーズというのは、鎌倉河岸という場所というか、地域社会が舞台ですよね。この地域社会が一種の理想の地域社会のようなことですかね。

佐伯　そうですね。理想というか……。鎌倉河岸って、口にしたとき、何かどこか懐かしさを感じるような言葉の響きというのはありますよね。それがサブタイトルにした最大の理由かな。その鎌倉河岸の周りは直参旗本ですよね。結構大身旗本の屋敷町があって、お上の青物市場がある。町屋の角地にあるのは、ほんとうに古くからの町人で、その人たちが裏店に住む人たちを救済していくというか手助けしていけるような仕組に土地柄がなっている。井戸水だって江戸初期から引かれただろうし、川向こうのように雨、梅雨になると長屋中が水につかる、泥が入るという世界じゃないんですよね。

編集部　シリーズをずっと続けられてきて、一番読者も一気に増えたと編集者側が感じたのは『下駄貫の死』だと思うんです。

佐伯　『下駄貫の死』って何作目？

編集部　これは七作目です。

佐伯　そうですか。もうちょっと早いのかなと思っていましたけれども。

編集部　一番、この作品が出たときが読者が増えたように思ったんです。徐々に増えてきたのが、一気に増えたという感じでした。他社もいろいろなシリーズが始まったという影響もあるかもしれないですけれども……。

佐伯　そのシリーズによって上がり下がりというか、盛り上がるきっかけとなる作品が必ずある。密命で言えば四作目の「刺客」が最初の小っちゃい山だったと思う。三作目ぐらいまではどれもそう敏感な反応はありませんよ。「密命」担当の編集者が焦れて、もうほかの新作にしましょうよと言ったことがある。

シリーズを書き続けていると、どこかでヒョコッと上がるときを感じる。これは不思議でね。鎌倉河岸の場合は『下駄貫の死』だったかもわからないけど、「居眠り磐音」なんかの場合でも何回かそのきっかけがある。不思議なんだよね。それと登場人物に変化がある時に、売り上げの数字ともつながってくる。悲劇的な色合いがあったり、あるいは大きな転機があるときに、やはり同じ感情移入をしていただくのかと思う。ほんとうに不思議なんだよな。二万いかずに苦労して苦労してきたのに、何かフワッというきっかけで動く、あれは何なんですかね。

編集部　ほんとに不思議ですよね。読者からの電話も殺到した作品です。

細谷　逆に私なんかだと、とにかく出れば買っちゃうので、つまり、ここでこうとかいう感覚というのは逆にあまりよくわからないところがあるんですよね。

確かにこのシリーズから見ればここは一つの転換期というのはわかるんですけれども、ただ、内容的に言えば、別にどこで売れてもいいんじゃないのみたいな。

佐伯　モヤッとしたものが押し寄せてくる……。これはもうだれも分析できないとしか言いようがないですよね。

編集部　そうですね。別に読者が示し合わせて買っているわけじゃないですからね。

佐伯　そうそう、そうそう。

編集部　すごく印象的だったのは、新聞広告が出たんです。そのときに、タイトルを見て電話してきて、「下駄貫が死ぬのか」という電話が二、三件あったんです。

佐伯　読者の方って、やはり登場人物のキャラクターで好きな人が違う。だから、その人が物語の上から消えていくというのは大変なことです。これと同じ現象が米津《よねつ》寛兵衛《かんべえ》（「密命」シリーズの登場人物）でもあった。あれで怒られました。たくさんの手紙ももらって、何で殺したのだと詰問されました。

筆の走りで登場人物一人消すのはそんなに難しいことじゃないけど、でも、生かすも殺すも読者の方の思いがこめられているわけですからね、納得していただける設定でないと、拒絶反応を起こすし、消化不良を起こす。小説だからこそ、勝手に物書きの思いつきでは殺せない。

「鎌倉河岸」の登場人物について

細谷　先生に主要登場人物へのそれぞれの想いみたいなものをお伺いしたいと思います。では、まず政次から。

佐伯　政次は優等生だよ。ものの見事に優等生。日本人がやっぱり一番求めている理想像ですかね。物語の中心になる人物と思いながら書いているけど、ひょっとしたら意味合いが違うなと思うときがある。政次にはさほど大きな破線はない。彼がいないとこの物語の要にはならないことだけは確かなんでしょうね。だが、政次一人では物語に深みと味もないかもしれない。

細谷　確かにこういう人がいたらさぞかし暮らしやすいんだろうなと思いますよね。

佐伯　うん。でも、いやしないよね。いやしないのはわかってるんだけどさ。

細谷　先ほどもちょっとお聞きしましたけど、亮吉についてはどうですか。

佐伯　うん。やっぱり政次の引き立て役なんですけど、両方がお互いを引き立てている部分ってあるし、これは三人の成長物語なので、どの人が欠けてもいけないよね。亮吉は、脇役だけになんでもありで意外と描きやすい人物ですよね。彦四郎というのはもう我が道を行くみたいなところがあるからね。だから、何となく彦四郎の生き方、暮らし方というのは安心して見ていられる。適当な年齢にいい女を見つけて、結婚をし、何人かの子供に恵まれて、安定した余生を送るんじゃないかなと見えなくもないけど。そんな人物像かね。

でも、彦四郎がいないと困るんですよ。三人の目が金座裏の視点だけになっちゃうんですよ。政次が呉服屋から転向したんでね。だから、やっぱり大事なキャラです。船頭という職業は、現代のタクシーの運転手さんかね。船頭というのは行動範囲が広いだけに、情報を一番持っている人物ですよね。金座裏が無償で下っ引きを一人抱えているようなもので。彦四郎というのはそんな存在かな。

細谷　だから、政次が金座裏に来ちゃうと、どうしても金座裏中心になって彦四郎が目立たなくなるかなと思ったんですけれども、そんなこともなくて、ちゃんと常に存在感はあるという。

佐伯　彦四郎に関してはもう一回ぐらいちゃんと物語を創らなきゃいけない人物なんだと思います。

細谷　三人のアイドルだったけれども、もう政次に持っていかれそうなしほについてはどうですか。

佐伯　「鎌倉河岸」はしほという女性を通して見ると町人の物語じゃない。しほは浪人の娘で、浪人と町人をつなぐような生き方というか、運命を背負わされてきた人間、女なわけですよね。それをマドンナにしようとしたんだけど、結局そこまで飛躍させられなかった。意表を突いた生き方は僕の想像の世界ではできなくて、一番無難なところに落ち着いた感じはしますけどね。

細谷 言葉が悪いかもしれないですけれども、しほというのはいい子ちゃんですよね。

佐伯 いい子ですね。政次とほんとうに一番似合いの人間だと思います。

細谷 では次に金座裏の親分・宗五郎についてお願いします。

佐伯 金座裏の宗五郎親分は古町町人、江戸町人の代表格、家康の関東入府以来、江戸を束ねる選良の一人ですよね。鎌倉河岸界隈には、江戸町年寄樽屋藤左衛門、奈良屋市右衛門、喜多村彦右衛門も拝領屋敷を構えている。そんな背景からいっても、この物語の要、キーパーソンかな、宗五郎は。

細谷 次は清蔵さんです。

佐伯 物語が始まって何作目か、当代の豊島屋さんのご嫡男・吉村俊之さんからお手紙を頂いた。いや、驚いたのなんのって、だって私は勝手に豊島屋さんは江戸の商人と考えていたからね。あの手紙が早くても遅くても、物語の展開にはよくなかったと思う。手紙をもらう以前に僕は勝手に豊島屋さんの清蔵さんの人物スケッチをしてしまっていた。豊島屋さんが現存すると知っていたら、ああ勝手には描写できなかった。その後、豊島屋の当代やご嫡男とお付き合いを許して頂いて、江戸の老舗の大商人というものは、なんと分を心得た控え目な方々であろうかと感心させられました。白酒のパッケージ・デザインも江戸の風情を思わせてなんともいい。

豊島屋さんの名を知ったのは『江戸名所図会』です。江戸の白酒売りの光景を描いた絵で知りました。当時、江戸じゅうの武家から町人までが桃の節句前に馬や舟で鎌倉河岸の豊島屋さんに押しかける。むろん、裏長屋の八っさん、熊さんの一家もです。

白酒売り出しの当日は、あまり大勢の客が詰めかけるので、町奉行所の同心、御用聞きが出動して警戒にあたった。あまりの人混みに気分の悪くなる人もいる、そこで豊島屋さんでは、店の入り口上に櫓《やぐら》のようなものを組んで医者を待機させて、気分の悪くなった人を奉公人やとびの連中が上に吊り上げて治療した。今でいうレスキュー隊ですが、上からしか気分の悪い人を運び出せないくらいの人混みだったそうです。

普段の豊島屋さんのご商売は上方からの下り酒の販売です。大きな酒問屋ですから卸《おろし》が主でしょうが、小売りもする。これがおもしろいっていうか、斬新な値段設定なんですね。

上酒も、酒の菜の田楽も安い。味、品もよくて安い。その秘密はね、上方から酒を運んでくる樽にあった。豊島屋さんでは酒の空樽を売って儲けた。江戸時代、樽は貴重な台所用具です。水を貯める、漬け物を漬ける、なんでも木樽を利用した。酒の香りがほんのり漂い残る樽は高く売れたそうです。だから小売りの酒と

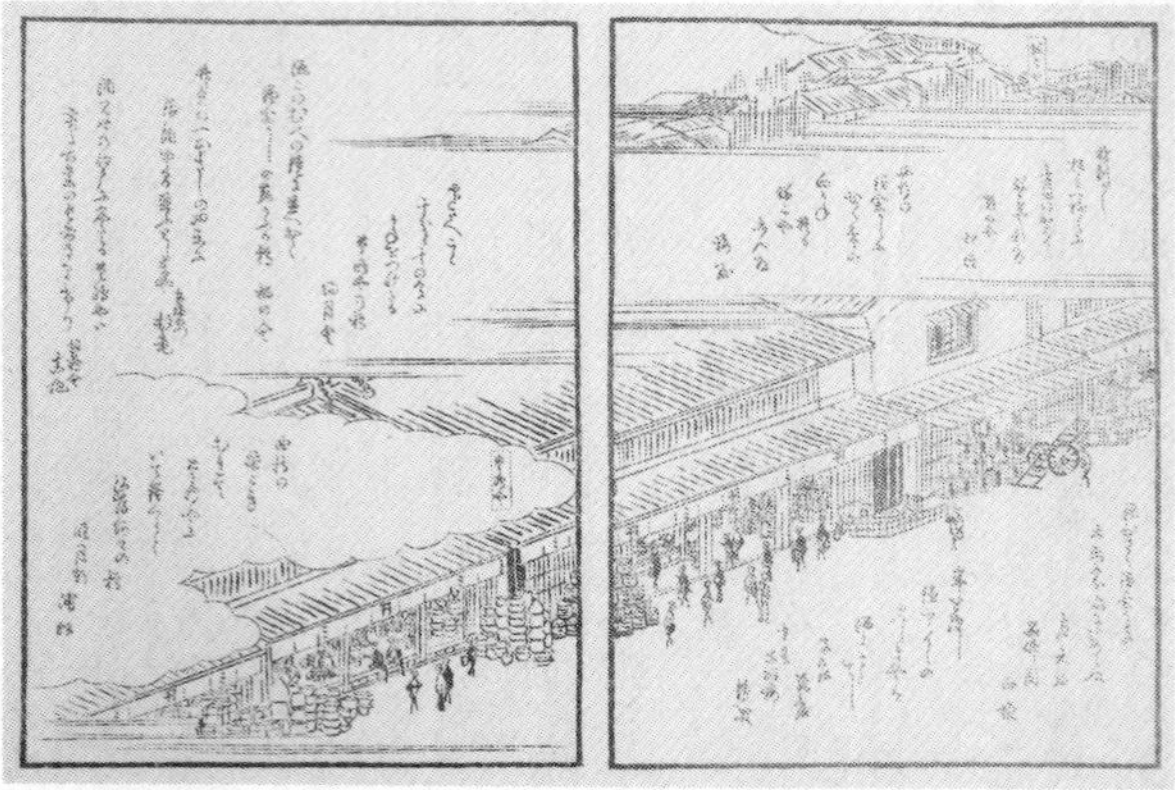

田楽に利幅をのせない。
こんなことを『図会』で知ったとき、よし、これだと思ったんです。第一作目からしほが働いていたこともありますが、だれもが集まり、本音を言い合える舞台にして鎌倉河岸シリーズは座りがよくなった。

細谷　ところでこの連作、寛政から始まってるんだっけ、この物語。

佐伯　そうですね。

細谷　たしかね。そうすると十八世紀の末ですよね。江戸時代中期から末期にかかろうという時期ですから、料理屋さんとか、食べ物屋さん、飲み屋さんというのは増えてきたんですよね。僕らが小説や映画で知る時代小説の飲み食いって、江戸の後期から幕末にかけての話ですよね。庶民が甘いものを食べたり、お酒を飲んだり、ちょこっとおすしをつまんだり、てんぷらを食べたり、立ち食いから始まったのは。

鎌倉河岸の豊島屋さんでは最初のころからこの光景に近いものがあったわけだから、すごく楽でした。酒は下り酒だけでおいしい。で、菜は田楽一つ。粋だなという感じが僕の場合はしました。江戸期下り酒が多く運び込まれたのは大川河口右岸の新川です。この河岸の両側には、酒問屋が軒を並べていた。酒問屋を舞台にするなら新川という手もあったでしょうが、金座裏の手前かつ諸々の理由で鎌倉河岸の豊島屋さんしかなかった。

清蔵さんってネーミングは全くこちらの創作です。

豊島屋さんの初代は十右衛門さんだから今もお店のシンボルマークは「十」です。余談になりますけど、最近豊島屋さんでお酒をつくられて、「十右衛門」という名前をつけて、売り出されたんですよ。

編集部　江戸の白酒のように、平成の名物になるといいですね。

細谷　実は、最近気になっているのが、『道場破り』で出てきた女性なんです。

佐伯　永塚小夜さんか。

細谷　はい。この最新作の『埋みの棘』、こちらを読みますと、レギュラーになりそうな感じですね。

佐伯　下駄貫が物語から姿を消したとなるとやはり新しい人物が欠落した人間

を埋めていかなければならない。
そのこともおぼろに念頭にあったのかもしれません。
永塚小夜と小太郎にこれからの鎌倉河岸の展開の未来を託《たく》したといえますね。おそらく、これから構成上で、大きなキャラクターになっていくんじゃないでしょうか。

細谷　一体だれとくっつくんだろう。（笑）

佐伯　わずか七、八年ですが時代小説を書いてきて分かったことがある。何となく流れの中で自然に出てくる人物というのはあるから、男と女にしても、恋愛にしても、きっとそういう時期がいつか来るんじゃないでしょうかね、彼女にも。そこでおそらくレギュラーの座を得ていくんだと思います。

細谷　しほがもう政次とくっついてしまったので、その後に鎌倉河岸のアイドルになるのでしょうか。

佐伯　そうですね。子連れのアイドルも悪くはない気がしますね。

最新作『埋みの棘』について

細谷　こちらの最新作『埋みの棘』のお話をさせていただきます。今回はこの読本に収録されている短篇とリンクするという構成ですね。

佐伯　この読本の話があったときに、短篇をというご注文を受けたんだけど、何にしよう、どうしようと迷いました。鎌倉河岸シリーズと無縁の短篇を書くのも一つの方法だとは思うんだけど、この連作では江戸青春グラフィティーを考えたわけですよね。そこで連作と短篇がリンクできないかと思い至りました。それがこれです。

細谷　そうですね。

佐伯　ですから、鎌倉河岸は捕物帳形式の連作ですから、短篇の謎が本作の『埋みの棘』にかかわり、かつ政次ら三人の幼少期の一齣《ひとこま》が描けたらいいなと思ったのです。

細谷　今回は、ちょっと水戸藩絡みですね。

佐伯　私の時代小説に水戸って結構登場するんです。江戸徳川の御三家は、二家じゃあないかと思うほど、水戸と尾張、紀伊の間には経済格差などがあって、きびしい財政状態ですよね。一方で天下の副将軍みたいな、変な権威にもすがっている。そのいびつなエネルギーが藩内の内部対立を生み、ついには幕末の桜田門外に井伊大老を襲うテロをおこしたり、元治元年の水戸天狗党の騒ぎをおこして、明治維新に乗り遅れてしまう。そんな、不安定さが私にも魅力なんだと思います。

細谷　何となく幕末の水戸藩のこととかを知っていると、この改革もうまくいきそうもないなと。

佐伯　中興の祖というのはどこの藩にもいるものですよ。上杉家だろうがどこだろうが。あそこに関しては人材がいない。天下の副将軍というのは、まあ、これは講談がつくったことかもわからんけど、それを振りかざさないと生きていけない哀しみがある。水戸の負わされた宿命みたいなものが。

実高二十五、六万石のところを尾張と紀伊に合わせて、三十五万石まで水増しされているわけでしょ、無理がある。

また他の二家と違い定府制といって参勤交代の義務がない、これは大きなことなんですよ。どこの大名家も参勤交代に莫大な費用をかけていたんだからね。だけど、この定府制がアダになる。江戸定府派と国元派に分かれて、一藩の中でどんどん対立、分裂を深めていく。改革が起こり、それがつぶされる度に、定府派と国元派は増悪をつのらせていく。そんな対立の中で、水戸光圀は『大日本史』編纂を始める。この労作は明暦三年（一六五七）に始まり、なんと全三九七巻が完成したのは明治三十九年（一九〇六）のことですよ。そんなエネルギーを内包していた藩でもあるんです。そんな水戸家の江戸屋敷が小石川にあった。神田川にも面して敷地の中には神田上水も通っている。

十万余坪の独立した閉鎖世界には、楽園もあれば闇もあるだろう。そんな風なことを考えて短篇を創作したんです。

細谷　一作目のかご屋さんもそうですけれども、江戸の町人でありながら、そうやって藩絡みの事件にもかかわるという、そういうところもこのシリーズの一つの特徴としてあると思うんですけど。

佐伯　そうですね。江戸町奉行所の権限は実際に限られたものであったわけでしょう。立ち入ってはいけない屋敷や場所が沢山ある。武家屋敷はだめ、寺社の境内もだめでは、現代から考えた江戸物語を書く私には不都合がある。もちろん江戸の定法、習わしを念頭におきながら、御用聞き像を創作した。金座裏の先祖と徳川一族のかかわりを設定することによって宗五郎には出来るだけ、フリーハンドの自在さを持たせた。これは江戸の実際の御用聞きとは異なる、佐伯流の御用聞き像です。

シリーズ作品の今後

細谷　では、今後の展開をお願いします。

佐伯　う〜ん、どうなるのかね。（笑）
　連作をいつどこで完結させなきゃならないという理由はどこにもないんですね、読者の方が望まれて、僕が書き続ける体力があれば、それなりに書いていけるだろうと思うし。だって捕物帳というのは生来そんなもんかなと。
　一話で完結する話ではなくて、それが終わったら新たな敵がまた出てくるわけですよね。
細谷　ええ。
佐伯　「密命」シリーズの剣術家金杉惣三郎の場合、秘技の到達点みたいなものを想定しておかねばなりませんね。だけど、宗五郎や政次には、町家の暮らしの中での物語ですから、到達点がない。先代が亡くなれば、後継の政次が継いで、新たな物語を考えていく、それでいいと思うのです。

細谷　でも、主人公が若いので、年をとってもまだ生きられる。（笑）

佐伯　政次としほの時代になって、子供が生まれる。どこまでそれがやり続けられるかは、こっちの体力だろうと思うんですよね。

編集部　あと、ハルキ文庫で収録されている『悲愁の剣』（『瑠璃の寺』）と『白虎の剣』、それに関してお話を聞ければ。

佐伯　あれねえ、途中中断みたいな形になっちゃってましたねえ。

細谷　一応『白虎の剣』でいろいろな計画があったんじゃないんですか。（笑）

佐伯　あったね。ほんとうは、連作物語を書き始めたら、主人公を中途半端にほっぽっておいちゃいけないわけです。作家の使命としては。読者が望むなら、あっちがまたよみがえるかもわからない。何とも言えません。（笑）今はそれしか言えないよ。

細谷　今、一作何日ぐらいで書かれてるんですか。

佐伯　大体、二十日から二十一日ぐらいですね。少し、一日、二日は余裕を見て、基本的には二十日なんですよ。去年、おととしもそうだけど、年間書き下ろし十五、六冊のペースじゃないですか。ことしもそんなものでしょう、おそらく。八、九と二冊ずつの月が続いて、もう一回ぐらい月に二冊か、ことしのうちに、ちょっとそんな感じですよね。

細谷　長時間ありがとうございました。

編集部　ありがとうございました。

（二〇〇六年七月収録）

「鎌倉河岸捕物控」

登場人物紹介

名脇役が揃う「鎌倉河岸」の面々。
思い出の場面とともに紹介します。

【主要登場人物】

「鎌倉河岸《かまくらがし》捕物控」シリーズは、一見すると金座裏《きんざうら》の宗五郎《そうごろう》親分らが活躍して、江戸の町に起こる事件を解決していく捕物帳のスタイルである。だが、続けて読んでいくと、亮吉《りょうきち》・彦四郎《ひこしろう》・政次《せいじ》の若者三人と彼らが憧《あこが》れるしほの存在が次第に大きくなっていくことに気づく。亮吉ら三人は鎌倉河岸裏のむじな長屋で育った幼馴染《おさななじ》みで同年の十九歳（以下、年齢の表記は初出）。豊島屋《としまや》の看板娘しほに惹《ひ》かれて常連になり、ときにからかいながら競って張り合っている。町の人たちや事件との関《かか》わりのなかで、若者たちがいかに生き成長していくか、が読みどころとなっているのだ。

◆亮吉《りょうきち》

宗五郎の下で働く新米の岡《おか》っ引《ぴ》き。能天気、尻軽な気性で、五尺そこそこの小柄な体で調子よくちょこまかと江戸の町を走り回る。独楽鼠《こまねずみ》の亮吉と自称するが口さがない町の人にどぶ鼠とからかわれることもよくある。母せつがむじな長屋に今も住んでいるが、亮吉は金座裏の二階に居候をしている。

餓鬼の頃は腹を空《す》かすと豊島屋の台所で田楽《でんがく》を盗んだことも。金座裏にお世話になるときは、捨て猫でも貰《もら》われるみたいに母に連れられてやってきた。青物市場の奉公を嫌がった亮吉が将来を決めかねているとき、婆様の信玄袋を奪った男をあっさり手捕りにした宗五郎の捕物現場を目撃、「おれ、金座裏の手先になる」と決めたのだった。宗五郎からは、「銭にはならない。仕事はきつい。止《や》めておけ」と言われたが、何度も通いつめて許しを得た。

考えるより行動が先に立つタイプで、相手が返事をしたときには、もう何間《なんげん》も先を走っている。この尻軽、身軽さが取り柄だが、ときには早飲み込みで間違いをしでかす。浅慮が災いして賊の手に落ちることもしばしばだ。

しほに惹かれて豊島屋に入り浸るが、懐《ふところ》はいつも空っけつで払いは彦四郎の財布を当てにしている。尻を触ってはしほにぴしゃりと叩《たた》かれるし、その後もしほの面前でたびたび遊女通いをばらされたりなど、女癖の悪さが知れ渡ってしまっている。（政次が金座裏の後継にふさわしい活躍をするようになると）近ごろは、しほを諦《あきら》めたのか、むじな長屋に引っ越してきた壁塗り職人の娘お菊《きく》に一目《ひとめ》惚《ぼ》れした。おっ母さん孝行と偽って早帰りし、お菊とお染《そめ》の元に入り浸っている。

政次が松坂屋《まつざかや》をやめ金座裏にやってきた際には、宗五郎の後継者として預けられたと知って頭が混乱し、一時金座裏から姿をくらますなど、若さゆえのデリケートな一面も見せている。このときばかりは、日ごろは亮吉をからかったり、小言を言う町の人たちも揃《そろ》って、その身を案じた。(「御金座破り」)

悩んだ甲斐《かい》あって、今では「政次なら親分の跡目を立派に継げる、おれにはおれの生き方がある」と納得している。

事件が解決すると講釈を聞きたがる豊島屋の清蔵《せいぞう》に応《こた》えて、金座裏の講釈師むじな亭亮吉師匠として捕物の様子を講談調で語って物語を締めくくる。

◆彦四郎《ひこしろう》

鎌倉河岸東詰めの龍閑橋《りゅうかんばし》際にある船宿綱定《つなさだ》の船頭。左官の倅《せがれ》としてむじな長屋に育ったが、今は少しはましな鍋町《なべちょう》西横町に住んでいる。

船頭になるために生まれてきたような若者で、子供の頃から大川が好きで河童《かっぱ》のように泳ぎ回り、江戸中の堀を知り尽くしていた。餓鬼の時分から「綱定の船頭になる」と心に決め、考えどおりに十三の春から先代綱定の親方に願い出て、晴れて船頭になった。

六尺を超える長身で手足が長くて櫓《ろ》の扱いが大きい。他の船頭が二回漕《こ》ぐところを一度で足りたから船足は速い。猪牙舟《ちょきぶね》でも屋根舟でもこゆるぎもせずに水面をすいっと滑るように操れる。生まれながらの櫓の達人。

船宿綱定の人気者で贔屓《ひいき》の旦那《だんな》衆を持っており、三人の中では一番懐が豊かである。豊島屋に三人が集まって飲んでも、亮吉の懐はいつも空っけつ、手代だった政次の給金は積立だったので、いつも彦四郎が払う、人のいい男だ。

力持ちの大男だが、気は優しくて泣き虫。彦四郎の船に客として乗った井筒屋《いづつや》の番頭が荒稼ぎに殺されたときは、自分を責めて声をあげて泣きわめくばかりだったので、亮吉らになぐさめられている。

金座裏の事件探索の際の貴重な足としてたびたび駆り出されるだけでなく、船の上から竿《さお》を手にして水から上がる賊を殴りつけたり、水に落ちた賊を大根のように引っ張りあげるなど、怪力で捕物に貢献することもある。しばしば宗五郎に手先のような口をきくなど清蔵に次ぐほどの捕物好きのため、綱定の大五郎《だいごろう》とおふじが心配して、政次のときのように綱定からも稼ぎ頭を引き抜かれては困ると宗五郎に真顔でたびたび釘《くぎ》を刺している。

しほが嫁になってくれないかなと淡い夢を捨てきれないでいる一方、政次が金座裏の十代目を披露したら、しほが養女として入り、政次と夫婦の約束を交わすのではないかと心配している。

その彦四郎が、あるとき刺客から次々と襲われる事件が起こる。命を狙《ねら》われる原因に本人も全く心当たりがない。彦四郎を目にした謎《なぞ》の老人の正体が暴かれるとき、思わぬ凶悪犯と彦四郎の関わりが浮かび上がる……。（「暴れ彦四郎」）

◆政次《せいじ》

日本橋通二丁目の呉服屋松坂屋の手代を勤めていた。六尺近い長身で頭の回転がよく肝が据わる。子供の時分から亮吉、彦四郎を手先に使って大人顔負けの手妻を使うと称されるほど、目から鼻に抜けると評判だった。飾り職人の息子としてむじな長屋に育ったが、少しはましな鉄砲町《てっぽうちょう》の二階長屋に両親と引っ越した。

物心ついたときから大店《おおだな》に奉公して番頭になり、暖簾《のれん》わけをしてもらって自分の店を持つと心に誓っていた。自分から日本橋界隈《かいわい》の大店を調べ回って、商いのしっかりした松坂屋を選び、むじな長屋の差配や町内の五人組に打ち明けて根回しするという子どもだった。同期で一番先に小僧から手代になり、伊勢《いせ》松坂屋本店に修業に出ることも内定、将来の幹部候補生と目されていた。

子供がいない宗五郎が政次の器量を見極めると松坂屋に内緒で頼み込んでいた

が、松六《しょうろく》の事件をきっかけに金座裏に迎え入れられた。それからは、金座裏の二階に住み込む。

言葉遣いは手先となってからも商人の手代口調《くちょう》を変えようとしない。寺坂《てらさか》の口利きで神谷《かみや》道場に入門、二月住み込んで稽古《けいこ》に励んだ。その後も宗五郎の許しを得て早朝の稽古に通っている。稽古の甲斐あって直心影流《じきしんかげりゅう》神谷道場の目録を授けられる。

亮吉や彦四郎と異なり、自らが望んで入った道ではないだけに、政次の苦労は並大抵ではない。姿をくらました亮吉の痕跡《こんせき》を追ったときは、〈おまえに嫌われてまで私は金座裏の名跡など継ぎたくない、継がなくていいんだ〉とつぶやくなど、心理的に追い込まれる。政次が後継者となることに納得せず、功を焦って命を落とした下駄貫《げたかん》の死にも責任を感じていた。

しかし、金座裏に戻った亮吉をはじめ、仲間たちの温かい励ましに支えられて、己《おのれ》を取り戻し自信を深めていく。十代目を継ぐことが自らの宿命《さだめ》と腹を括《くく》る。道場の稽古が実を結び、近ごろでは神谷道場で五指に数えられるほどの腕前といわれるようになった。捕物の場でも政次は神がかった活躍を見せるようになる。

見習いの時期を経た政次は、金座裏の宗五郎の後継十代目として北町奉行所《ぶぎょうしょ》の旦那方、後藤《ごとう》家、町年寄、古町町人《こまちちょうにん》らに披露された。それからは金座裏の若親分と呼ばれる。

初売りの品物を盗まれた新右衛門町《しんえもんちょう》の山科屋《やましなや》が、無事取り戻してくれた政次に感謝して、銀のなえしを贈っている。なえしとは、一尺七寸余の鉤《かぎ》のない八角の十手《じって》のようなもの。銀製で柄《つか》は鹿《しか》のなめし革で包まれ、柄頭《つかがしら》には銀環がついている。山科屋の先祖が京から江戸に下るときに護身用に刀鍛冶《かたなかじ》に打たせたもの。

◆しほ
本名は志穂。鎌倉河岸の酒問屋豊島《おお》屋に勤める十六歳の娘。父は賭《か》け碁《ご》で身過ぎを立てていたが、母の死後は酒に溺れて出入りの家を次々になくし、中気に倒れて左手が不自由になるなどした。不安定な暮らしを立て直すために、しほは豊島屋に通い奉公を願って勤めはじめた。橘《たちばな》の鉢をめぐる諍《いさか》いで父が殺されてからは、皆川町《みながわちょう》二丁目の裏長屋に引っ越して、一人住んでいる。

しほは武州浪人江富文之進《えとみぶんのしん》と房野《ふさの》の一人娘として育てられたが、父母は武州川越《かわごえ》藩で許婚《いいなずけ》だった村上田之助《むらかみたのすけ》、久保田早希《くぼたさき》が故郷を出奔して名を変えていたことがわかる。父の死後、しほの身辺を狙う動きがあったが……。(「橘花《きっか》の仇《あだ》」)

後日、宗五郎らの働きで川越藩政を専横していた一党を根絶やしにすると川越藩主から、久保田の家の再興を望むなら叶《かな》えて遣わすという言葉があったが、町娘として鎌倉河岸で生きる道を選ぶ。

母譲りの画才で描いた人相描きで、事件解決にたびたび貢献する。町奉行所の任務に力添えをしたとして北町奉行小田切土佐守直年《おだぎりとさのかみなおとし》から御褒美をいただくほどだった。従姉妹《いとこ》の佐々木春菜《ささきはるな》と静谷理一郎《しずたにりいちろう》の祝言に招かれて川越を旅した折や伊香保《いかほ》の湯治旅などには、土産代わりに折々の風景や出会った人を描いた。豊島屋で旅の絵を展示しては、評判を呼んでいる。

最近は、豊島屋の看板娘というだけでなく、鎌倉小町と呼ばれ、読売が取り上げるという噂《うわさ》があるほど。

心配事があったり、願い事があったりすると、鎌倉河岸の船着場にある八重桜（八代将軍吉宗《よしむね》お手植えの桜で樹齢八十余年を経て鎌倉河岸の名物になっていた）の老木の幹に片手を触れて、瞑目《めいもく》して心の中で念じるのが習わし。

亮吉ら三人に「わたし、だれとも所帯なんか持たないわよ」と言っていたしほだったが、その後、若い娘の胸がきゅんとなることも……。（政次から菊文金銀びらびら簪《かんざし》を贈られるなど、二人の仲は急接近している。）

●追記

それぞれ、しほに想《おも》いを寄せてきた三人は口では張り合うものの、しほへのアプローチはおとなしい。亮吉は、お尻を触って嫌がられるなど論外の行動をとっていたが、最近はむじな長屋に引っ越してきた娘に一目惚れしている。淡い夢を捨てきれないでいる彦四郎だが、想いと裏腹にしほへの効果的なアプローチはこれまでなかった。晩稲《おくて》と思われた政次だが、時折、プレゼントを贈ったり、しほを攫《さら》おうとする悪の手から救うなど、要所で好印象を与えている。

しほと三人組の恋も近々、決着がつきそうだ。しほが久保田家の法事に招かれて川越に行くと聞いた宗五郎とおみつは、その機会にしほに政次の嫁になる気はないか尋ねる（「銀のなえし」）。「私のような者にこんな幸せがあってよいのでしょうか」と答えるしほ。二人の結婚は決まったようだが、まだ発表は控えているのか周囲の反応は今のところ、ない。長年の想いを遂げることができない亮吉、彦四郎の胸のうちは。しほが去ることになれば豊島屋の清蔵も寂しい思いをするだろう。今後の動向に注目だ。

【金座裏《きんざうら》】

金座は、徳川幕府が金貨の鋳造、勘定などを行うための機関。その金座の裏口にあたる本両替《ほんりょうがえちょう》町に居を構える御用聞きを江戸の人々は金座裏と呼ぶ。

◆宗五郎《そうごろう》

江戸でも一番古手の十手持ち、金座裏の九代目親分で、将軍家御目見《おめみえ》の古町町人でもある。三十七歳。本名は周太郎《しゅうたろう》。総勢十数人の手下、下っ引きを従える岡っ引きとして、御金改役《ごきんあらためやく》を後藤家が司《つかさど》る金座の裏に居を構える（本両替町で金座の裏門を町方の十手持ちが見張っている格好）。

二代目宗五郎が手首を切り落とされる怪我《けが》を負いながらも、金座に押し入った夜盗を捕縛したことで、後藤家との縁は深いものになった。その際に後藤家から贈られた金流しの長十手（玉鋼《たまはがね》に金を流し込んだ一尺六寸の長十手）は、代々の宗五郎に引き継がれ、時の将軍家光《いえみつ》からも公認されている。後藤家からは年々かなりの御役料が贈られ、出入りの大店のものと合わせて「金の大黒様がついている」と同業者がうらやむほどの実入りがある。奉行所からの給金だけではやっていけないほかの岡っ引きは女房に湯屋や小料理屋などをやらせているが、金座裏では女房を働かせる必要はなかった。

金座裏には内湯があったが、御用が暇のときは、手拭《てぬぐ》いをぶら下げてふらりと朝湯に出かける。それも足の向くまま隣町の湯まで入りにいくのが道楽。何か思案するときは、鎌倉横丁の海老床《えびどこ》に行ってさっぱりするのが癖になっている。

宗五郎とおみつの悩みは、後継者となる子に恵まれなかったことだけだった。宗五郎は政次を金流しの後継ぎに貰い受けられないかと、松坂屋の由左衛門《よしざえもん》、松六にひそかに相談。松坂屋の隠居松六が事件に巻き込まれたことをきっかけに、政次は宗五郎の元に預けられることになった。

走水《はしりみず》の稲兵衛《とうべえ》ら古町町人殺しの一味をお縄にした夜、連れ立って歩く宗五郎と政次の前に、宗五郎を付け狙う刺客の羽賀《はが》井流《いりゅう》長来源斎無門《ながらいげんさいむもん》が姿をあらわす。凄《すご》腕《うで》の剣客に十手だけで立ち合い、叩きのめす。覚悟が固まっていない政次に、金座裏の宗五郎を継ぐとはどういうことか、その凄みと貫禄《かんろく》をしかと見せつけたのだった。(「古町殺し」)

◆おみつ
宗五郎の妻。常丸《つねまる》ら居候する手先たちを束ねる役目。伝法《でんぽう》な口調で男所帯を取り仕切る。宗五郎の探索にあれこれと口を出すことだけは慎んでいる。他人の秘密に触れることであり、考えを聞かれれば答えるが、こちらから知りたいと思ったりしまいと嫁に来たときから自らに課してきている。

おみつはかねてからしほを今どき珍しい実のある娘と認めていて、養女にもらいたいくらいだと買っている（ただ、はじめのころは亮吉の嫁になればと思っていた）。

政次が金座裏の後継として預けられてからは、宗五郎もおみつもしほが政次の嫁になって金座裏に来てくれることを願っている。政次が「お嫁さんを迎えるとき」のためにと山科屋から頂いた京《きょう》拵《ごしら》えの簪をおみつに預けようとしたので、「生きるところに届けるように」はっぱをかけている。

◆八百亀《やおかめ》
本名は亀次《かめじ》。青物市場近くの横大工町《よこだいくちょう》で女房が子供たちの手を借りて八百屋を営んでいる。先代から務める最年長（五十二歳）で、金座裏の番頭格の手先。八百屋だけに西瓜《すいか》を切り分けるときだけは、おみつといえども手を出せず、実に見事に均等に切り揃える。
◆下駄屋の貫六《かんろく》（下駄貫《げたかん》）
八百亀に次ぐ年季の入った兄貴株の手先。下駄屋の倅だったが、酒と捕物が好きで家業を捨てた。娘の夏世《かよ》は飾り職人と所帯を持って一子花《はな》と同じ長屋に住んでいる。亮吉の小生意気が気に入らない様子で、何かにつけ嫌味を言うなど、二人はふだんからウマが合わないところがある。

老練な手先だが、しばしば宗五郎の言いつけを守らず、ドジを踏んで悪党を取り逃がし、親分から厳しく叱《しか》られることもあった。(「贋金《にせがね》作りの四人組」)

政次が金座裏の後継となることに一人納得せず、功を焦って深追いし、命を落とす。(「下駄貫の死」)

◆稲荷《いなり》の正太《しょうた》
下駄貫に次ぐ兄貴株。長屋が稲荷の社《やしろ》と接していることから「稲荷の正太」と称される。三十歳。女房に子供が四人いて、懐がいつも素寒貧《すかんぴん》なことから、空っけつの正太とも言われる。

◆常丸《つねまる》

金座裏の二階に住み込む。丹念な探索で親分に目をかけられる。二十四歳。亮吉ら金座裏に住み込んでいる手先の兄貴分で、捕物のあれこれを教えてくれる。父は天秤《てんびん》で担ぎ売りする豆腐屋。

◆髪結新三《かみゆいしんざ》

三十一歳。代々下っ引きを務める。髪結いをしながら女たちの雑談を引き出し、探索に生かしている。探索の成果を報告しながら、おみつの髪結いをすることもある。

商いがら女には不自由しなかったし、勝手気ままができなくなると恐れて、これまでは女房を持とうとしなかったが、二年前に出会った千住《せんじゅ》宿の飯盛旅籠《めしもりはたご》松島《まつしま》屋《や》のなみに惚れ、所帯を持とうとしている。なみは会津《あいづ》生まれで十九歳。飯盛に身を落としていても初《うぶ》な心根を保っているところに新三も惹かれている。

◆旦那《だんな》の源太《げんた》

下っ引き。本業は、「江州伊吹山《ごうしゅういぶきやま》のふもと柏原本家亀屋左京のもぐさ……」を売り言葉に、小僧の弥一《やいち》にもぐさを担がせて自分は懐手で鷹揚《おうよう》に売り歩くもぐさ売り。下っ引きは、八百亀ら手先と異なり、普段は本業にいそしみながら江戸中から情報を仕入れてくる。

丸顔で恰幅《かっぷく》がいい中年男。役者顔で押しが利いたので旦那の源太と呼ばれる。土橋《どばし》の南、二葉町《ふたばちょう》の裏長屋に住む。岡っ引きの手下にしか見えない同輩と異なり、旦那らしい風貌《ふうぼう》のため、探索で捜査先に潜り込むことが多い。懐はいつも空っ風が吹いていて、探索のたびに両手を出しては、宗五郎から気前よく費用を出してもらっている。

情報収集は慣れていても、下っ引きが捕物の現場に出ることはない。図体はでかいが、肝っ玉は爪《つめ》の先ほどもないといわれる。

贋金事件の一味を先回りして宿泊先の旅籠に潜り込んだ折には、「一味と出くわしても泡食っちゃならねえ」と宗五郎から注意されていたが、いつ現れるかと思うと落ち着かず、不安に駆られていた。一味の女に抜き身の短刀を頬《ほお》に当てられて絶叫し、捕物の間も悲鳴をあげつづけていた。(「御金座破り―ほたるの明かり」）

◆だんご屋の三喜松《みきまつ》

実家でおっ母さんが屋台に毛の生えた程度のだんご屋をやっている。三十歳。長屋に女房のおさきと子供の辰坊《たつぼう》と暮らす。

◆左官の広吉《こうきち》

左官職だったが、捕物が好きで三年前に手先に鞍替《くらが》えし、金座裏に住み込む。動きがもっさりしており、経験や勘で常丸に劣るが、頑固な粘りを宗五郎は買っている。

◆伝次《でんじ》

住み込みの若い手先。

◆波太郎《なみたろう》

一番若い手先で、金座裏の二階に住み込む。

◆弥一《やいち》

もぐさ売りの源太が一緒に連れている十一歳の小僧。女の子のような華奢《きゃしゃ》な体付きと顔立ちをしていて愛らしい。日に焼けて顔が真っ黒なことと、言葉付きがえらくぞんざいなのが玉に瑕《きず》といわれる。

【北町奉行所ほか】

◆寺坂《てらさか》毅一郎《きいちろう》

北町奉行所　定廻《じょうまわり》同心《どうしん》。金座裏の宗五郎に鑑札を与えている旦那。剣は直心影流神谷丈右衛門《じょうえもん》道場の免許皆伝の腕前で、八丁堀でも敵《かな》うものはいないといわれる剣術使い。八丁堀の薬師堂山王旅所《さんのうたびしょ》の隣が役宅。隠密廻り、定町廻り、臨時廻りを三廻りといって月番、非番に関係なく受持ち区域を巡回する。寺坂毅一郎の受持ちは江戸城の東側一帯。

八丁堀の同心には、女湯に刀掛けという不思議な習わし（「八丁堀の七不思議」の一つ）があった。町奉行所の同心は朝方、女湯に入る特権を有していた（女たちに朝風呂《あさぶろ》の習慣はなく空いていた）ので女湯に刀掛けが置いてあったのだが、寺坂はこの特権を利用したことはない。町方が蔑《さげす》まれる一方、同心が八丁堀で特権を利用することには納得いかなかったからだ。

剣の腕が立つ相手との立ち回りには欠かせない存在だったが、政次の活躍が増えるにしたがい、出番が減って影が薄くなっている。神谷道場へ早朝稽古に通う政次がめきめき頭角をあらわしているのと比べて、師匠から稽古不足を指摘されて満座の前で叱責をしていたり、自ら笑いをとったりするなど、このところ道場では肩身が狭い思いをしている。

殺された専太郎《せんたろう》のかげま茶屋時代の贔屓筋に御側御用人《おそばごようにん》金森出雲守《かなもりいずものかみ》の名が出たときは、容疑者を推理する政次に、牽制《けんせい》して「政次、御側御用人の名を持ち出さないでくれよ」と言う寺坂には、政次も苦笑いするしかなかった。

◆新堂宇左衛門《しんどううざえもん》

筆頭与力《よりき》。若い頃から敏腕ぶりを発揮した町方で、「北町に新堂あり」と恐れられた人物だった。嫡男の孝一郎が見習に出ている。

◆新堂孝一郎《しんどうこういちろう》

筆頭与力新堂宇左衛門の嫡男。幼い頃から武芸に優れた神童と呼ばれ、父から厳しく育てられてきた。父の風貌を受け継ぎ、偉丈夫な体付きであったが、どこか双眸《そうぼう》が定まらない印象を与えていた。

見習に出ていて、本勤並に昇格をという上申があったが、異論が出る。吟味与力の今泉修太郎《いまいずみしゅうたろう》の元に、孝一郎が南蛮渡りの薬を常用しているという密告の手紙が届けられたため、今泉からの依頼で寺坂が宗五郎に身辺の内偵を相談した。
（「道場破り──第四話　深川色里川端楼《かわばたろう》」）

◆今泉修太郎《いまいずみしゅうたろう》

若手の吟味与力。その実力は今や北町に欠かせぬ存在であり、奉行の小田切土佐守直年にも強い信頼を得ている。七つになる嫡男を頭に次男と長女の二男一女に恵まれていた。町奉行所与力の報酬は百二十俵から二百三十俵、石高《こくだか》にして平均二百石取りの旗本だが、扱いは御目見以下である。だが、大名、町衆などの付け届けが多く、家計は豊かであった。

◆今泉宥之進《いまいずみゆうのしん》

元吟味与力。三年前に息子修太郎に役目を譲り隠居した。町奉行所の与力同心は本来一代限りが決まりであるが、よほどの失態がないかぎり世襲が黙認されていた。

寺坂毅一郎と宗五郎は宥之進の代からの付き合いなので、宥之進が隠居した今も今泉親子は旦那と若旦那と呼ばれる。二百石取りの旗本格なので殿様と呼ばれるところだが、町方では親しみを込めて旦那と呼んでいる。(一方、女房は奥様と呼ばれている。)

宗五郎は宥之進から御用のいろはを叩き込まれた。寺坂毅一郎は同心見習いのとき、きびしく同心の心得や探索の方法を教えられた。時には怒鳴られたので、今もって前に出るとかたくなるほどだ。

隠居した今は、腰にひょうたんをぶら下げて大川土手に釣りに出るのと酒が何よりの道楽。酒好きは役所でも有名なほどだった。

◆居《い》眠《ねむ》り猫《ねこ》

猫村重平《ねこむらじゅうべい》。古手の北町奉行所手付同心《てつきどうしん》(事件の調査記録を司る役職)。暇のときは鼻から提灯《ちょうちん》を出して居眠りをしているので居眠り猫と呼ばれる。北町奉行所では誰も敵うものはいないほどの記憶力の持ち主。白髪交じりの髷《まげ》を振りたてて小柄の背を丸めて歩く。

◆牧野《まきの》勝五郎《かつごろう》

北町奉行所与力で、寺坂毅一郎の上役。しほが川越に行くとき、女の旅には町奉行所の裏書きをした女手形が必要だったため、寺坂毅一郎が牧野に掛け合ってくれた。牧野はしほの人相書きの功労を考えて奉行の小田切土佐守直年の添え書きまで入れてくれた。

◆嘉門《かもん》與八郎《よはちろう》
内与力。北町奉行小田切土佐守直年の家臣。

◆小田切《おだぎり》土佐守《とさのかみ》直年《なおとし》
北町奉行。人相を描いて探索に協力したしほを北町奉行所に呼んでご褒美を渡す。

◆高砂《たかさご》新之丈《しんのじょう》
敏腕をうたわれた元隠密同心。隠居した新之丈に代わり、一年前に北町奉行所隠密廻同心に就任していた息子参八《さんぱち》が、駿府屋の押し込みのときに殺される。参八が押し込み強盗に関わっていると確信した新之丈が倅の始末をつけようと一人動くが……。（「政次、奔る――第三話　藪入《やぶい》りの殺人」）

◆久恒上総《くどうかずさ》

元南町奉行所同心。宗五郎とも顔見知りの仲。地蔵橋のかたわら北島町の角にある江戸町奉行所八丁堀道場の道場主。小野派一刀流の流れを汲《く》む剣術の達人で棒術、槍術《そうじゅつ》、薙刀《なぎなた》などにも造詣《ぞうけい》が深かった。同心を早々に倅に譲り、道場主という天職に専心している。

◆西脇忠三《にしわきちゅうぞう》

南町奉行所の小太りで老練な定廻同心。敏腕の寺坂毅一郎に敵愾心《てきがいしん》を感じている。

◆徳川家斉《とくがわいえなり》

徳川第十一代将軍。将軍在職期間は天明七（一七八七）年〜天保八（一八三七）年。御能拝見《おのうはいけん》の席で、走水の稲兵衛が樽屋《たるや》を襲うが、宗五郎に取り押さえられた。一部始終を上座で見ていた家斉はあっぱれな働きと宗五郎を褒め称《たた》えている。

【神谷道場】

◆神谷丈右衛門《かみやじょうえもん》

四十一歳。寛政《かんせい》期の江戸でも五指に入る剣客と言われる。直心影流の道場を赤坂田町《あかさかたまち》に開く。その剣技と人柄を慕って、近くの大名家から毎日たくさんの若い侍たちが稽古に来る。寺坂毅一郎は高弟。政次は寺坂の口利きで入門し、二月住み込んで稽古に励んだ。その後も宗五郎の許しを得て早朝の稽古に通っている。五尺六寸余の身長だが、懐の深さが政次とは格段の違いがあり、腕の上がった政次もまったく歯が立たない。

◆生月尚吾《おいづきしょうご》

長門《ながと》府中藩藩士。政次とともに稽古をし合ってきた仲。政次と一緒に直心影流神谷道場の目録を授けられる。

◆青江司《あおえつかさ》

備前《びぜん》岡山藩三十一万石池田《いけだ》家の江戸屋敷で小姓を務めていた。まだ十八歳になったばかりで、前髪立ちではないが初々しい若侍。一年前から神谷道場の門を潜る。

◆結城《ゆうき》市呂平《いちろべい》

日向延岡《ひゅうがのべおか》藩藩士の次男坊で江戸の藩邸で生まれた。二十一歳。政次が道場に住み込みをした頃から、一緒に道場の拭《ふ》き掃除をした仲間。今も住み込みの弟子をしている。

【金座《きんざ》】

徳川幕府が小判、一分金などの金貨の鋳造、勘定、引替、地金類の買収、監察を行うために設けていた機関。勘定奉行支配下に所属する。

◆**後藤庄三郎**《ごとうしょうざぶろう》
十代目金座役人。幕府公認の御金改役で、代々の後藤家が司る。扱い高の百分の一を鍛造手数料として受け取り（歩一）、座役人、職人らを雇用する商家でもあった。二代目宗五郎が大怪我を負いながら金座に押し入った賊を捕縛したことから、後藤家と金座裏の宗五郎とは深い縁で結ばれる。

◆**後藤喜十郎**《ごとうきじゅうろう》
後藤家の老用人。

【豊島屋《としまや》】

慶長元年（一五九六）に豊島屋十右衛門《じゅうえもん》が酒屋と酒屋の片隅に開いた一杯飲み屋に始まる。「山なれば富士　白酒なれば豊島屋」と言われるほど江戸中に知れ渡る酒問屋。酒や大ぶりの味噌田楽《みそでんがく》が安くてうまいと、いつも馴染みの客でにぎわっている。名物の白酒をめあてに江戸じゅうから馬を引いたり、船で上方からの下り酒を買い出しにくるほどの名店。空いた樽を七十文で売ったりするのが儲《もう》けになっていて、店で出す酒や田楽には儲けをのせていないのが安い値の秘密だ。

◆清蔵《せいぞう》

江戸で一、二を争う酒問屋豊島屋の主人。古町町人。大店の主とも思えず、馬方や船頭ら汗臭い男たちの相手をするのが道楽で、商いは女房のおとせと倅の周左衛門《しゅうざえもん》に任せきりにしている。気前が良くて、何か良いことがあると店のおごりにしてしまう。

捕物話が大好きで、新しい事件が起こるたびに読売の記事だけでは満足できず、亮吉らから捕物の一部始終を聞くのを楽しみにしている。報告が遅いと言ってうろうろして落ち着かないので、「旦那、うちは北町奉行所じゃあありませんよ」と奉公人の庄太《しょうた》から諌《いさ》められる始末だ。

宗五郎も清蔵の人生経験を頼りにして、知恵を借りて来いと聞きに行かすこともある。

しほが、北町奉行からお褒めの言葉を頂いたときなどは自分の手柄のように誇らしく思っている。亮吉らに小言を言うことも多いが、若者たちを温かく見守るよき後ろ盾である。

若い頃から仕事一筋で女に迷うこともない石部金吉だった清蔵が、創業二百年を前に新しい引札《ひきふだ》を考えていたところ、麴町《こうじまち》に新しい引札屋が開店しているのを見た。女主人おもんの元に通ううち老いらくの恋に落ちてしまう……。(「引札屋おもん」)

◆とせ

豊島屋のお内儀《かみ》。風格に欠ける老舗《しにせ》の旦那の代わりに、倅の周左衛門と番頭以下大勢の奉公人らを束ねて、酒の仕入れから販売までしっかりと目を光らせている。清蔵が若い女と恋に落ちたことを知ると妾《めかけ》にして家を持たせてもいいと考えるほど寛容な女房だった。松六らの伊香保温泉に同行したとき、女だけの湯の中では「亭主のそばを離れただけで気分爽快《そうかい》ですよ」と悩み苦しんだ胸の内をのぞかせた。

◆周左衛門《しゅうざえもん》

豊島屋の後継者。商いの実権は母のとせと一緒に握っている。清蔵がおもんとの恋に落ちたときも店の奉公人の動揺を抑えてよく店を支える。

◆庄太《しょうた》（黒烏《くろがらす》の庄太）

ちぼ（掏《す》り）をして亮吉に捕まる。十一、二歳。橋本町の裏店《うらだな》いちじく長屋に住む病気の母と妹たちを養うために、よんどころなくやったこととわかり許される。宗五郎の紹介で豊島屋に住み込みで小僧として働く。彦四郎によると亮吉の餓鬼のときにそっくりだという。まだ前掛けを引きずってしまうほど背が足らないが、もらった飴《あめ》や干菓子を溜《た》めておいて、藪入りの休日のときに妹たちへのお土産にする、家族思いの少年。最近は亮吉と比べられて、どっちが大人かわからないといわれる。

【船宿綱定《つなさだ》】

鎌倉河岸東詰めの龍閑橋際にある老舗の船宿。彦四郎が船頭を務める。金座裏からも近いのでしばしば探索の足として駆り出されることが多い。

◆おふじ

船宿綱定の女将《おかみ》。龍閑橋でも評判の美人女将。前身は吉原三浦楼《みうらろう》で新造《しんぞう》だった玉藤《たまふじ》。ゆくゆくは三浦楼のお職を張る太夫《たゆう》になろうと噂されるほどだった。「下駄貫の死―第二話　綱定のおふじ」では、亮吉らをお供に綱定夫婦が深川永《えい》代寺《たいじ》にお墓参りに行った際、昔のおふじを知る鶴次郎《つるじろう》に目撃され、一家に拉致《らち》されてしまう……。

◆大五郎《だいごろう》

船宿綱定の親方。十五年前に先代（父）が亡くなり、若くして頭になった。鎌倉河岸育ちで若い頃はちょっとした遊び人だった。十四、五のときから吉原通いをして三浦楼から振袖新造《ふりそでしんぞう》で出たばかりのおふじに目をつけた。おふじの人柄を父親が見定めた後に身請けの金を出してくれた。

◆よね

船宿水月《すいげつ》の主。綱定の堀の真向こうで暖簾を川風にそよがせて競争し合っている。よねは三十三、四の大年増で、日本橋の小間物屋の妾だったが、旦那が亡くなる直前に手切れ金をもらって船宿を開いた。老舗の綱定に対抗するために船宿の二階で男女を泊めたり、水月の船頭に金を握らせると舟を留守にしてくれるなど、綱定ではやらないようなことでもやるという噂だった。常習的に屋根船を男女の密会の場に貸し与えていた科《とが》が明らかになって、奉行のお達しで二月ほど暖簾を下ろさせられた。

【松坂屋《まつざかや》】

日本橋通二丁目にある老舗の呉服屋。間口二十間、本瓦葺《ほんかわらぶ》き土蔵作りの黒漆喰《くろしっくい》仕上げの堂々たる店構えをもつ。本店が伊勢の松坂にある。政次が手代を務めていた。

◆由左衛門《よしざえもん》
日本橋通二丁目の呉服屋松坂屋十代目主人。古町町人。宗五郎の幼馴染みで、二人だけなら遠慮のいらない仲。五つ上の四十三歳。両家は先祖以来の付き合いである。

◆おけい
由左衛門の内儀。夫の由左衛門が、政次に松坂屋の決まりに反したからと辞めてもらうと言ったときは、宗五郎との相談を知らないおけいはあんまりだと悲鳴をあげる。

◆松六《しょうろく》
松坂屋の隠居。九代目の主として低迷していた松坂屋の再建を手掛け、流通と陣容を一新して売り上げを一気に三倍に押し上げた功労者。六十八歳。矍鑠《かくしゃく》としており、当代の由左衛門を陰から助けている。寛政十一年（一七九九）、七十歳を祝う古希を迎えた。

手代の政次を伴って年始回りをした帰路、廃墟《はいきょ》と化した屋敷で剣客に襲われる。命はとりとめるが、記憶を失ってしまう。その事件の背後に、十四年前に幕閣を揺るがした暗殺事件が浮かび上がる。宗五郎が謎の解明に奔走するなか、松六が行方をくらましてしまう……。（「政次、奔る」）

政次が松坂屋を辞めて金座裏に移るにあたっては、付き添いで金座裏まで挨拶《あいさつ》に訪れた。その後も陰に日向に政次を温かく見守り、支える。しほが金座裏に養子として入り、政次と夫婦になることを願っている。

◆おえい
松六の女房。松六の伊香保温泉の湯治旅に同行する。

◆**親蔵**《しんぞう》
松坂屋の大番頭。

◆**久蔵**《きゅうぞう》
古手の番頭。金座裏に移った政次が探索のために久蔵のお供をする。堂々として客の心をつかむ応対に、政次も目を瞠《みは》らされた。

【その他の町人】

◆樽屋《たるや》藤左衛門《とうざえもん》

江戸町年寄三人の一人。奈良屋《ならや》、喜多村家《きたむらけ》とともに家康の江戸入国以来、江戸町奉行の掌握の下で江戸の町政を司る名家で、江戸の町人の頭分と言える存在。樽屋の先祖は、家康の家臣水野弥吉《みずのやきち》の嫡男。長篠《ながしの》の合戦の際に手柄を立てて三四郎と改名し、信長に酒樽を献上したことから「樽三四郎」と称した。

古町町人を狙う事件が続くなか、樽屋藤左衛門への脅しの文が届く。宗五郎は政次に奉公人の格好をさせて身辺に張り付かせ、警護していたが……。(「古町殺し」)

◆舘市右衛門《たちいちえもん》

屋号を奈良屋《ならや》という。三年寄(奈良屋、喜多村家、樽屋)の筆頭。拝領屋敷も樽屋、喜多村が百六十坪に対して百八十坪と広い。屋敷は、お堀の前、常盤橋《ときわばし》の正面にあって金座と軒を並べる。屋号の奈良屋は先祖の市右衛門が小笠原《おがさわら》小太郎と称していたとき、大和《やまと》国奈良に住んでいたことに由来する。当代の奈良屋の大旦那は耄碌《もうろく》して集会でもとろとろと居眠りしているほど。倅の親太郎《しんたろう》と手代頭の清兵衛《せいべえ》が家を支えている。親太郎とは宗五郎より四つ年下で餓鬼の頃からの遊び仲間。

◆義平《ぎへい》
江戸で一、二を争う青物問屋青正《あおしょう》の隠居。古町町人。神田多町《かんだたちょう》の青物市場前、銀町《しろがねちょう》の一角に店を構える。代々青正の主は正右衛門《しょうえもん》を名乗り、隠居になって本名に戻った。八百亀の店が同じ町内にあり、青物市場も青正も餓鬼の頃からの遊び場にしてきた。

店の裏手が本家になっており、義平の姉が七年前まで暮らしていた離れがある。そこに永塚小夜《ながつかさよ》母子が大店の用心棒も兼ねて住むことになった。小夜が道場に行っている間は、小太郎の世話に熱を上げている。

◆久次郎《ひさじろう》
新町筋《しんまちすじ》にある蕎麦《そば》屋、翁庵《おきなあん》の主人。元は先代の宗五郎に仕える手先だった。捕物で足を怪我して、手先から引退したとき、先代が蕎麦屋の資金を出して開かせた。本人もそれに応えて熱心に蕎麦打ちを修業した。上《かみ》さんのひでの働きもあって、今ではこのあたりで評判の店になっている。久次郎夫婦は今も宗五郎をつかまえて周太郎ぼっちゃんと呼ぶ。

◆追分前《おいわけまえ》の義助《ぎすけ》

新宿追分前のめし屋の主。甲州街道、青梅《おうめ》街道に向かう旅人や馬方相手のめし屋。安永《あんえい》年間に先代の宗五郎が内藤新宿で捕物を繰り広げて以来の知り合い。当代の宗五郎は父に連れられて義助の女房の弔いに行ったこともある。贋金作りの四人組が立ち寄る旅籠の青梅屋が裏手にあるので、見張りを置かせてもらった。

（「御金座破り──ほたるの明かり」）

◆白石鼓安《しらいしこあん》

外科医。増上寺《ぞうじょうじ》の門前、芝《しば》三島町《みしまちょう》に看板を掲げる。松坂屋の隠居が襲われたときにも手当てする。

◆龍善《りゅうぜん》
上野《うえの》稲荷町《いなりちょう》横町の善立寺《ぜんりゅうじ》の住職。しほの両親の墓がある。しほが両親の墓の名を偽名のままに残すか、本名に刻み変えるかを相談した。

◆隆光《りゅうこう》
南命山《なんみょうさん》善光寺別院の住職。宗五郎とは知り合いの仲。

南命山善光寺別院は信濃《しなの》の定額山《じょうがくさん》善光寺の宿院として谷中《やなか》に開創されたが、宝永二年（一七〇五）青山の安芸《あき》広島藩四十二万石の下屋敷に接した場所に移転された。

【長屋の住人】

◆せつ

亮吉の母。二十七のときから寡婦を通してきた、むじな長屋で一番の古手。亡くなった亭主の父親の代からの長屋の住人。亮吉が姿をくらましたときは、しほにあっけらかんと「寂しくなりゃあ、戻ってくるさ。あんまり心配しないこった」と堂々と言っていた肝っ玉おっ母さん。だが、胸のうちでは心配して、朝早くから皆川町の出世不動にお参りし、お百度を踏んでいた。

◆勘次郎《かんじろう》

政次の父。腕のいい飾り職人。以前は家族でむじな長屋に暮らしたが、少しはましな鉄砲町《てっぽうちょう》の二階長屋に引っ越している。政次を後継にと思っていたが、周囲に根回しの末、松坂屋への奉公を決めた息子に、「根回しなんぞは餓鬼のやるこっちゃねえ、ちいと知恵がつき過ぎて、一人前の職人にはなれめえ。おれの方から お断りだ」と許しを与えた。

◆いせ
政次の母。素人ながら菊作りに励む。

◆繁三《しげぞう》・梅吉《うめきち》
駕籠屋《かごや》の兄弟。兄の梅吉が無口なのとは対照的にお喋《しゃべ》り繁三で通る。お喋り駕籠、兄弟駕籠とも言われる。豊島屋の常連。鎌倉河岸裏の住人。

◆はつ
竹の子長屋に住む野菜のぼて振り嶋八《しまはち》の女房。しほのとなりに住む。下谷《したや》の鳳《おおとり》神社で売られる熊手《くまで》・七福神の飾りの絵付けの内職をしている。

◆うめ
嶋八とはつの三歳の一人娘。

◆お菊《きく》・お染《そめ》
むじな長屋に引っ越してきた壁塗り職人の娘。十六歳の姉娘お菊に亮吉が一目惚れしている。お染は十四歳の妹。

◆菊三《きくぞう》
蜆売《しじみう》りの洟《はな》たれの小僧。朝早くおきて、亀戸《かめいど》天神裏の北十間川《きたじっけんがわ》に業平蜆《なりひらしじみ》を採りに行くのが仕事。政次らが探していた石屋が殺されたのを知って、小船を借りて大川を渡って注進にあがったというほど義理堅い小僧。借金の足しにと蜆売りをして家計を助ける菊三に感心したのか、宗五郎は「時には蜆を金座裏まで届けにこい。笊《ざる》ごと買ってあげよう」とやさしい言葉をかけている。(「暴れ彦四郎」)

◆百兵衛《ひゃくべえ》
しほが両親と暮らしていた三河町新道《みかわちょうしんみち》の長屋の差配。豊島屋に勤めに出るときもいろいろ世話になった老人。

◆錦兵衛《きんべえ》
しほが一人住む皆川町の竹の子長屋の大家。しほが、北町奉行からお褒めの言葉を頂いたときは清蔵と並んで我がことのように喜んだ。

◆平兵衛《へいべえ》
鎌倉河岸裏のむじな長屋の大家。むじな長屋は二つの表通りにはさまれ、江戸開闢《かいびゃく》以来の苔《こけ》むした板屋根が波打っている。

【そのほかの岡っ引き】

◆宣太郎《せんたろう》

常盤町の親分。親の代からの十手持ち。ひょろりとした姿。南町の定廻同心西脇忠三に手札をもらう。同年輩の宗五郎には異常な敵愾心をもつ。出入りの商家から金をせびると悪評を呼んでいる。

◆銀蔵《ぎんぞう》

板橋宿の岡っ引き。境内の女男松《めおとのまつ》と相生杉《あいおいすぎ》二本が名物の乗蓮寺《じょうれんじ》門前に一家を構えていることから女男松の親分と呼ばれる。若い時分は板橋宿で「徹夜の銀蔵」と異名をとり、宿場に流れ込む悪党の行動を幾晩も徹夜で見張ってお縄にしたほど意気盛んな御用聞きだった。先代宗五郎とは兄弟分の仲。当代宗五郎が洟を垂らしていた頃からの知り合いで、遊びまわっていた若い時分には内緒で助けられていた。乗蓮寺門前で女房のおかねに二八蕎麦屋をやらしている。

仁左《じんざ》がはると夫婦になって跡目を継いだことで、反発して辞めた手先も出たが、後継者ができ、はるにも子が生まれる。安心したのか、病に伏して弱気になっている。

◆仁左《じんざ》

女男松の親分の手先。新橋の佃八《でんぱち》親分の手先だったが、三年前親分が亡くなって十手を返上する。仁左は故郷の蕨《わらび》に帰ろうと板橋宿を通りかかったところを銀蔵に誘われた。

◆はる

銀蔵とおかねの一人娘。土地の飛脚屋《ひきゃくや》に嫁いだが、亭主が若死にしたので出戻った。二十八歳。仁左を婿にとって女男松の跡目を譲ることになり、宗五郎とおみつが仲人を務めた。

◆銀平《ぎんぺい》

下柳原同朋町《どうぼうちょう》の初老の岡っ引き。宗五郎と同様に寺坂毅一郎から鑑札を頂く。温厚な人物として知られる。

◆千吉《せんきち》（今川町《いまがわちょう》の千吉親分）

南町の同心佐々木信太郎《さ さ き しん た ろう》から鑑札をうけて働く岡っ引き。宗五郎と同年輩で小太り。深川一帯を縄張りにする。辻斬《つじぎ》りを探索していた手先二人が殺されてしまう。（「御金座破り――仁左とはる」）

深川で賊を探索するときは、宗五郎が「今川町の助けを借りろ」と言うほど、土地の十手持ちとしての力に信頼を置いている。

◆大木戸《おおきど》の五郎三《ごろぞう》

祖父の代からの十手持ち。五十歳。岡っ引きとして内藤新宿の盛衰をその目で見てきた。背は大きくないが、ころりとした体をゆすって、外股《そとまた》でのしのしと歩く格好は、まるで蟹《かに》が横歩きを忘れたようで、蟹の五郎三と呼ばれる。番頭格の手先のひょろ松こと松太郎《まった ろう》が、ひょろりと痩《や》せて六尺近い長身だったので、主従が肩を並べて歩くのは大木戸の名物だった。

◆柳島《やなぎしま》の正吉《しょうきち》

初老の域に差し掛かった、好々爺《こうこうや》とも田夫《でんぷ》とも見える風貌をした十手持ち。気性も穏やかな老人。北十間川の石屋が皆殺しにあったときの土地の御用聞き。

◆団子屋《だんごや》の円蔵《えんぞう》

駒込追分《こまごめおいわけ》の御用聞き。駒込追分の辻近くで串刺《くしざ》しの団子の店を女房にやらせている。娘のおさよに赤ん坊ができている。

◆高輪《たかなわ》の歳三《としぞう》

高輪から品川にかけての寺町を中心に東海道筋まで縄張りにする。髷も無精髭《ぶしょうひげ》も真っ白な様子は好々爺の隠居にしか見えないが、老練な御用聞き。

◆三河町《みかわちょう》の志之助《しのすけ》

宗五郎と同様に北町奉行所から鑑札を頂く。初老、老練の御用聞き。自ら得た情報を金座裏に惜しげもなく伝える、心の広い親分。政次が辻斬りの下手人を取り押さえたが、父親が身分の高さをかさに強弁をはるなどして五手掛《ごてがかり》も手こずっていた。それを見かねた志之助が、辻斬りの現場で拾った匂《にお》い袋を証拠に差し出し、腹芸で政次の窮地を救った。（「埋《うず》みの棘《とげ》」）

【武州川越藩《ぶしゅうかわごえはん》】

◆村上田之助《むらかみたのすけ》

武州川越藩納戸役《なんどやく》七十石。しほの父。早希の許婚だったが、城代家老伝兵衛《でんべえ》の嫡男秀太郎《しゅうたろう》が早希を見初《みそ》めて婚約を解消させられていた。安永八年（一七七九）、運命を受け入れるしかないと諦めていた田之助を説得して早希は意志を貫き、二人で逐電《ちくでん》した。江富文之進と名を変え旦那衆を相手にした賭け碁で身過ぎを立てていた。蔵前の札差大八島《ふださしおおやしま》の隠居の代理で何晩にもおよぶ大手合を戦っていて、房野が高熱に倒れたことも亡くなったことも知らなかった。妻の死後は酒に溺れて出入りの家を次々になくし、中気に倒れてからは左手が不自由になった。橘の鉢をめぐって斬り合いになり殺される。

◆久保田早希《くぼたさき》

武州川越藩御小姓番頭《おこしょうばんがしら》三百六十石久保田修理太夫《しゅりだゆう》の三女。逐電後、房野と名を変えしほを産む。しほが十一歳の頃、流行病で高熱に倒れて亡くなる。

◆田崎九郎太《たざきくろうた》

武州川越藩江戸屋敷詰め。直心影流神谷丈右衛門の道場に通う寺坂毅一郎の弟子。昨年末に亡くなった父の佐次郎《さじろう》が御徒頭《おかちがしら》四百二十石を務め、当人は御番組《ごばんぐみ》にいた。来春には江戸詰めから国許《くにもと》出仕に代わって、父の跡を継ぐ身。園村辰一郎《そのむらしんいちろう》、静谷理一郎《しずたにりいちろう》の兄貴分に当たる。

◆園村辰一郎《そのむらしんいちろう》

武州川越藩御小姓組で藩主の側に仕える。母は早希の姉幾《いく》。田崎九郎太らと藩政改革の同盟に参加する。今は父親の御番頭《ごばんがしら》を継ぐべく見習として城に出仕している。

◆園村幾《そのむらいく》

早希の姉。武州川越藩御番頭六百石園村権十郎《ごんじゅうろう》の奥方。

◆佐々木秋代《ささきあきよ》

早希の姉。佐々木利瑛《としひで》の奥方。

◆佐々木春菜《ささきはるな》
佐々木秋代の娘。しほの従姉妹《いとこ》。十九歳。川越藩小姓組家臣静谷理一郎の許婚。

◆静谷頼母《しずたにたのも》
武州川越藩御目付。

◆静谷理一郎《しずたにりいちろう》
武州川越藩小姓組。川越藩を専断してきた城代家老一味と対決した若手の一人。今は父親の御目付を継ぐべく見習として城に出仕している。

◆内藤新五兵衛《ないとうしんごべえ》
武州川越藩次席家老。

◆根島秀太郎《ねじましゅうたろう》
武州川越藩城代家老伝兵衛の嫡男。早希を見初めて婚姻を強要した。伝兵衛の死後、家督を襲って城代家老。秀太郎改め伝兵衛忠義《ただよし》。両替商武州屋嶺蔵《みねぞう》を取り立て入札を専断する。

◆来嶋正右衛門《くるしましょうえもん》
江戸留守居役。江戸屋敷の根島派首魁《しゅかい》。

◆光村金太郎《みつむらきんたろう》
江戸留守居役来嶋正右衛門の用人。

◆尾藤竹山《びとうちくざん》
根島家老の側近。御奏者番《ごそうしゃばん》。

◆松平 大和守直恒《まつだいらやまとのかみなおつね》
武州川越藩十五万石の藩主。明和五年（一七六八）、七歳にして家督を継ぐ。結城秀康《ゆうきひでやす》（家康実子）から出た五家門。浅間山大噴火、天明の飢饉《ききん》の最中にも藩政立て直しに務める。

【その他】

◆市川金之丞《いちかわきんのじょう》

小石川広小路に屋敷をもらう小普請組《こぶしんぐみ》、現米百石取りの御家人《ごけにん》。小普請組は非役で役料ももらえず、それだけでは侍の暮らしは立たない。市川は碁将棋指南から鉢植えまで手広く手掛ける器用な男で、目先が利くから近ごろは高値になる橘の鉢植えを手掛けていた。賭け碁をしていたしほの父江富文之進と橘の鉢植えをめぐって諍いになり殺害、市川の家は断絶となった。だが、金之丞にはお構いなしと沙汰《さた》が下り、柳橋にでかい屋敷を買って移り住んだ。それとは別に鎌倉河岸に鉢植え、盆栽などの店を構える。しほの父から預かった十八両の借用証文をネタにしほを強請《ゆす》ろうとするが……。(「橘花の仇―第一話　仇討ち」)

◆五十嵐弦々斎《いがらしげんげんさい》

本名は五十嵐弦左衛門《げんざえもん》。年は四十五、六歳。六尺の長身でたっぷりの肉をつけた巨漢。だれかれ構わず怒鳴りつける自信家。元は会津《あいづ》藩の家臣であったが、商い指南の諸商学塾を開く。桶町《おけちょう》一丁目の角に塾を構え、日本橋一帯のお店の経営の相談から帳簿のつけ方、話し振りまでを指南する。二十八歳まで会津藩で帳簿方を務めていたが、悪化した藩財政立て直し策をめぐって上司と口論になり、職を辞した。浪々の身で十年を過ごしたが、打ちこわしにあった京橋の米屋相模《さがみ》屋《や》の再建を相談されて成功。相模屋の後ろ盾で塾を開いた。天明の不況期にあった幸運も味方して盛名をあげた。

◆阿波屋《あわや》徳右衛門《とくえもん》・鳴屋《なるや》蔦三郎《つたさぶろう》（飯倉《いいくら》登《と》二《じ》郎《ろう》）

元京都禁裏番士。三年前の印籠《いんろう》扱処《あつかいどころ》阿波屋火事焼死事件を起こした一味の首領。なぜか彦四郎の命を奪おうとつけ狙うが……。（「暴れ彦四郎」）

◆引札屋《ひきふだや》おもん

麹町に開店した引札屋の女主人。豊島屋の清蔵が老いらくの恋に落ちた相手。二十一歳。御《お》箪笥《たんす》町《まち》の御家人秋月《あきづき》左《さ》門《もん》の娘で、無役が長く貧乏な家だった。嫁いだ先が御箪笥町の御家人杉江《すぎえ》巳《み》之《の》助《すけ》で、少禄の旗本だが諸国の代官を務め、内証は豊かだった。しかし、嫁いで二年も経たないうちに巳之助が心臓の病に倒れた。おもんが献身的な介護をしたことで、杉江の家では応分の金子《きんす》を渡し、実家に返した。絵を描くことや意匠を考えることが好きだったおもんは内藤新宿の引札屋に無給で弟子入り。その後、杉江家がくれた金子で引札屋を思い切って開業した。（「引札屋おもん」）

◆竿乗《さおの》りの宇平《うへい》

伊香保温泉に湯治に来ていたしほが偶然出会った。宇平は唐吉《とうきち》とさよに竿乗りの稽古をつけていた。中気を患《わずら》い、半身と口が不自由になっている。元は、かつて江戸を騒がせた盗賊団の首領。十六年も前、三件の金蔵破りが立て続けに起こり、その後ぴたりと鳴りを潜めた。六間ほどの竿一本で高いところに張り付き、錠前を器用に開いて金蔵に忍び込み、有り金の半分を盗んで姿を消す手口が特徴。（「下駄貫の死」）

◆さよ・唐吉《とうきち》

長竿を使って曲乗りをする兄妹《きょうだい》の芸人。宇平の幼馴染みの女が病気で倒れたことから、その子供たちに自らの芸を教え込んでいた。（「下駄貫の死」）

◆渡辺堅三郎《わたなべけんざぶろう》
神谷道場に道場破りに訪れた浪人。因幡国鳥取新田《いなばのくにとっとりしんでん》藩三万石に仕えていた。（鱸《すずき》釣りに女房を賭けて負け、藩から追いやられた）（「銀のなえし」）

◆永塚小夜《ながつかさよ》
総髪を後頭部できりりと結んだ、道中袴《どうちゅうばかま》、男装姿の女武芸者。背に乳飲み子を負ぶう。円流小太刀《えんりゅうこだち》を使う。神谷道場に道場破りに現れたが政次に破れた。陸奥《むつ》仙台城下で町道場を開く家に生まれる。男の子のいない家で門弟衆よりも厳しく育てられた。浪人秋田《あきた》数馬《かずま》と情を交わし、その子を生む。八重樫七郎太《やえがししちろうた》からの文を頼りに江戸に出てきた。（「道場破り」）

八重樫七郎太が政次と戦って亡くなると、江戸に身寄りのない小夜と小太郎《こたろう》は、宗五郎らの助けを借りて、青物問屋青正の離れ屋に住む。青正の隠居義平の口利きで、道場主が亡くなって困っていた三島町の林道場を引き継ぐ。器量がよく腕の立つ小夜目当てに先代以上の盛況となっている。

◆八重《やえ》樫《がし》七郎太《しちろうた》
江戸の道場で十両を差し出しての賭け勝負で道場破りを続ける。元は武者修行の武芸者で、西国《さいごく》浪人。秋田数馬と一緒に仙台の永塚小夜のいる道場に現れ、住み込み門弟になる。赤子の父親と名乗り、秋田数馬を追って江戸に出る。(「道場破り」)

◆澤潟五郎次《さわがたごろうじ》(三村五郎次《みむらごろうじ》)
水戸家家老。寛政元年、藩の窮乏を救うために献金上士制の許しを得た書付を届けようとしたが、半澤立沖《はんざわたつおき》の寝返りで同志の富田新吾《とみたしんご》が斬り殺され、妨害に遭うなどして失敗した。事件の五年後、水戸家国許の老中職澤潟家千七百石に養子に入る。さらに窮乏が進んだ藩財政を立て直すために献金郷士《ごうし》制を断行しようと動いている。(「埋みの棘」)

◆半澤立沖《はんざわたつおき》
水戸藩の江戸定府《じょうふ》の目付。田宮流抜刀術の達人。東軍流免許皆伝。寛政元年当時、藩政改革派の旗頭であったが、江戸藩邸派に寝返り、富田新吾、三村五郎次の暗殺を図った。その後、定府派のなかから無形流《むぎょうりゅう》の達人などを筆頭に小石川組と称する手勢を育て上げている。（「埋みの棘」）

◆富田《とみた》弥生《やよい》

富田新吾の妹。兄がどうなったのか、事件の真相を知ろうとして、政次らに近づく。新吾はずっと無断で逐電したことになっていた。半澤立沖によって殺害された新吾の死は闇《やみ》に葬られ、亡骸《なきがら》がどこに葬られたかも分かっていない。事件後、富田家は廃絶は免れたが、腰物番三百二十石の家柄は、二百石に減らされていた。（「埋みの棘」）

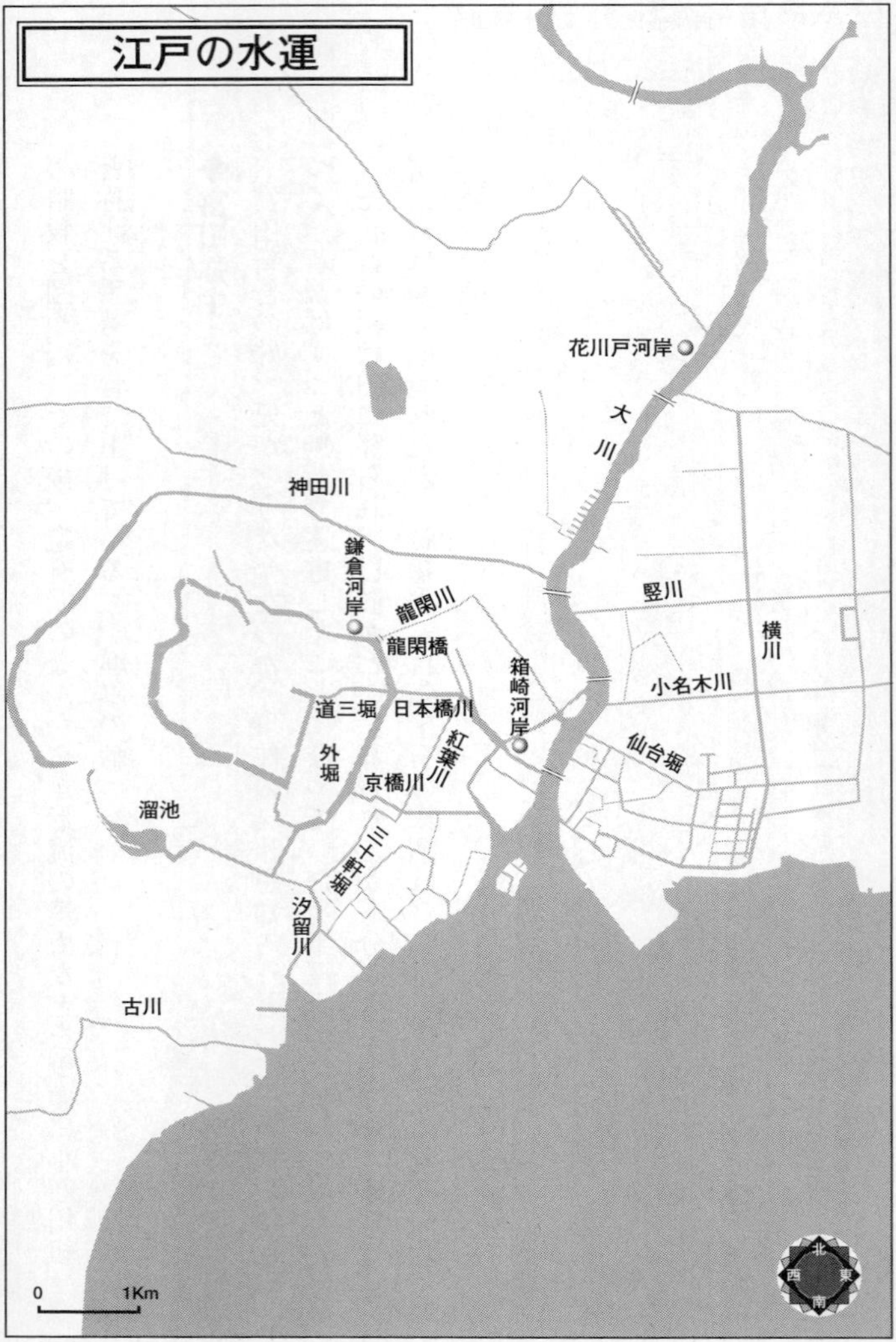
江戸の水運
花川戸河岸
大川
神田川
鎌倉河岸
龍閑川
龍閑橋
竪川
横川
箱崎河岸
小名木川
道三堀
日本橋川
紅葉川
仙台堀
外堀
京橋川
溜池
三十間堀
汐留川
古川
0
1Km
北
西
東
南

川越舟運

寛政十年（一七九八）師走。しほは、亡き両親の故郷川越へ出立した。新春に予定された従姉妹佐々木春菜と小姓組静谷理一郎の祝言に招かれての一人旅だった。龍閑橋から彦四郎の猪牙舟に乗って、御堀から日本橋川を通って、日本橋箱崎河岸へ。箱崎河岸から高瀬舟に乗り換えると、浅草の花川戸河岸を経て、川越までは定期船が通っていた。

column 江戸の商売

髪結い　式亭三馬の『浮世床』に描写されているように、江戸の町には髪結い床が社交場となって繁盛していた。一方、回り髪結いは市内の得意先などを回るもので、大店《おおだな》などに出張して順番に結った。

ぼて振り（棒手振り）　天秤棒に商品を入れて担ぎ、商品の名を呼びながら町を売り歩く商人をいう。野菜や魚などの食料品や塩・薬などの日用品、季節のものまでさまざまな物売りがいたが、江戸では魚の担ぎ売りのみを「ぼて」と称した。

二八蕎麦《そば》　蕎麦は蕎麦がきが一般的だったが、江戸時代から細い麵《めん》の蕎麦（蕎麦切り）が登場した。「二八蕎麦」という呼称は、二×八＝十六文からきたとする説、つなぎの小麦粉二蕎麦粉八の割合からきたとする説がある。担ぎ屋台形式の蕎麦屋は、二八蕎麦、夜鷹《よたか》蕎麦と呼ばれ、庶民にも気安く食べられるものだった。

湯屋　江戸期は町人や商人の家に風呂があることは少なく、湯屋に通うのが普通だった。「入り込み湯」といわれる男女混浴だったが、寛政の改革などたびたび禁令が出されている。湯船の手前にはざくろ口という出入り口が設けられて、湯気を逃さぬように天井から低く板がさげられていた。男湯の二階には座敷が設けられるなど、庶民のいこいの場所として親しまれた。

豊島屋を訪ねる

「鎌倉河岸捕物控」にはもはや欠かせない存在となった『豊島屋』。
小説の世界とは違った江戸から続く老舗を訪ねてみた。

豊島屋と鎌倉河岸

『鎌倉河岸捕物控』シリーズの読者なら「山なれば富士、白酒なれば……」と聞けば「豊島屋」とすぐ浮かぶであろう。それほどに豊島屋とその主清蔵《せいぞう》の存在は、物語に欠かせない存在となっている。

ここでは、小説からちょっと離れて、実際の豊島屋さんがどのような歴史を歩んできたかを見ていきたい。『鎌倉河岸捕物控』シリーズの愛読者でもあるという豊島屋十五代目当主・吉村隆之氏のインタビューも掲載した。小説とどこがどう違うのかを見つけてみるのも面白いかもしれない。

豊島屋は、小説の舞台になっている寛政《かんせい》年間に実際にあったお店。というだけでなく、現在も営々と受け継がれる老舗中の老舗である。

豊島屋の創業は、江戸時代、関ヶ原合戦のあった慶長《けいちょう》年間に遡《さかのぼ》る。徳川家康が江戸に入り、江戸城は大改修されることになった。城の外濠にあって、石垣の石材などを陸揚げする鎌倉河岸には、お城の普請のために多くの武士、職人、商人たちが集まった。初代豊島屋十右衛門《じゅうえもん》（実際の豊島屋では清蔵ではなく、十右衛門と称した）が慶長元年、この神田鎌倉河岸に店舗を構え「豊島屋」の屋号で酒屋を開いたのが始まりである。

安くて旨い酒を提供する店としてだけでなく、特別大きな田楽《でんがく》を酒の肴に出して大評判となり、江戸市民に支えられて大いに繁盛した。

その豊島屋の名物といえば、白酒。初代十右衛門が、夢枕の紙雛様から伝授された製法で美味しい白酒を生み出したといわれている。白酒は江戸中の評判となり、安藤広重が描いた絵馬「豊島屋白酒殿盛図」や長谷川雪旦の描いた「江戸名所図会」にも白酒を求める人々の様子が賑《にぎ》やかに描かれている。白酒売り出しの日は、江戸中の人が暗いうちから店の前に並び、幾重にも列をつくり、大田蜀山人の『千とせの門』には「二月十八日より十九日の朝まで鎌倉町なる豊島屋が店にて白酒千四百樽うりしと聞て申遣しける。樽とくり鎌倉町をいくかへり、かわんとしまやうらんとしまや」とある。千四百樽というと、石《こく》に直せば五六〇石（十万八〇〇リットル）という膨大な量の白酒を売り尽したという。「江戸名所図会」を見ると、店の前に医師と鳶《とび》職を待機させ殺到する客が怪我をするのに備えていたというから、江戸の大ヒット商品だった。

豊島屋がこれほど繁盛した秘訣《ひけつ》は、掛売りお断りの、薄利多売《はくりたばい》に理由があった。酒は原価販売で提供し、酒樽の回収で利益を得ていたのだ。そして、特別大きな田楽《でんがく》が美味で安かったことも人気の一因だった。「田楽も鎌倉河岸は地物也」と川柳にも詠われている。

その後、豊島屋本店は、関東大震災で被災したため、鎌倉河岸から神田美土代町に移転。更に、東京大空襲でふたたび被災してしまう。戦後、進駐軍のモータープールとして一帯が接収されたため、猿楽町の地で再開し、現在も営業を続けている。

豊島屋が扱う商品は、代名詞でもある白酒、清酒のほかに、醤油、味醂《みりん》を取り扱っている（東京最大手）。江戸時代には「下り酒」を用いていたが、今日では「東京の地酒」として清酒金婚、天上味醂を醸造販売している。お祝いごとといえば、豊島屋の「金婚」が贈られることは多い。

豊島屋十五代目当主・吉村隆之氏を訪ねる。

現在の豊島屋の当主は十五代目の吉村隆之氏である。吉村氏に豊島屋創業からの歴史、鎌倉河岸、白酒などお酒造りについてお話をうかがった。

――豊島屋さんの歴史、創業のころからのお話をお聞かせください。

吉村隆之氏

豊島屋が鎌倉河岸で創業した慶長のはじめという時代、一五九五年くらいというのは、家康公が江戸城を築くほんのちょっと前の話なんですね。徳川幕府ができて、家康が征夷大将軍になったのは一六〇三年ですから。

太田道灌が築いた江戸城というのは、もともと今のお城と同じ場所にあったらしいんですよ。しかも、ほんとうに城兵も少なかったし、どうにもならない小さなお城というか砦みたいなものでした。だから、家康公がそれを全部直すために、石材とか木材とかを大川（隅田川）から日本橋川を通りずっと水運を使って運んできて、いろいろなものを降ろすところが鎌倉河岸だったんです。お城にいちばん近いんですね。そこで、普請のために職人さんとか武家とか町人なんかがたくさん集まってくる。そういうところに、うちの先祖が酒屋であり呑み屋を始めた。それ以外にも家の子郎党、一族が瓦屋さん畳屋さん及び傘屋さん等いろいろな商売を豊島屋という名前をつけて鎌倉河岸でやってたらしいんですね。それぞれ大変繁盛していたようですが、そのなかの大元が豊島屋十右衛門でした。

そのころ白酒を売り始めまして、豊島屋十右衛門が寝ていると夢枕に紙雛様が出てこられてこうやってああやって造ったらおいしいお酒、白酒ができますよということを教えて頂いた。そのとおりに造ってみたら甘くておいしい白酒ができた。そういう謂れがずっと今まで伝承されてきています。

今でも昔とまったく変わらない同じ造り方で造っています。ただ、昔は石臼《いしうす》で、手作業で造っていたということがあります。白酒というのはもろみ（醪）を造るのに、もち米に麹を入れて、それを味醂のなかに仕込むんです。味醂というのはもともともち米から造られていて、調味料としても使われるものです。その味醂のなかに仕込むからもっとずっと甘くなっていくんです。ですが酵母を入れていないからアルコール発酵はしない。もともと味醂にアルコールがあるからそれ以上アルコール分はいらないだろうということです。それでできたもろみにはやっぱり粒々がある程度残ります。それを石臼に流し込んでゆっくりとすりつぶしていくんです。昔はそれを手作業でやっていましたが、現在は電動になっている。石臼の代わりに、一度だけホモゲナイザーというのを使って機械的にやろうとしたんです。ところが、ホモゲナイザーを使ってすりつぶしたものは、すぐ沈降しちゃうんですね。石臼でやると、やっぱりいつかは沈降しますけれど、一週間くらいショーウィンドーに置いていても全然沈降しない。非常にきめが細かいものになっているから、口触りが非常にいいというわけでね。今も石臼を動かしてすりつぶしております。

そうやって昔から白酒を造ってきました。昔の鎌倉河岸のお店では、酒屋といっても白酒しか造っていなかったんです。江戸時代のころというのは、お酒（日本酒）は江戸では、技術が進んでなくて、いいお酒ができなかったんですね。そのころは酒造りは伊丹、宝塚及び伏見が主で、更に遅れて灘《なだ》は宮水《みやみず》の発見と海運の便が良い為、日本酒の醸造が著しく発展致しました。

そのお酒を四斗樽に詰めて船で江戸まで運びます。早い船で十日くらいですが、平均すると二十日から一カ月くらい船で揺られてきます。そうやって揺られてくると、ちょうど樽の香がついておいしいお酒になる。酒の樽は重たいですから、みな海路で船に載せて持ってきます。鎌倉河岸は、石材とかいろいろな重たいものが運ばれてくる場所だった。重たいお酒も鎌倉河岸で陸揚げして、それを皆さん方にお売りしたというわけです。お酒を原価で売って、田楽のこんな大きいのを作って出した。いったいなんで儲けているのかなあというと、空き樽がたくさん出る。それをもう一度灘に返すんです。そうすると新樽よりは一空きの樽のほうがずっと安くなりますから。お醤油が入ってた樽を持ってくわけじゃなくて、お酒を入れてた樽ですから使えないなんてことはありません。またお酒を入れても大丈夫ということで、それがいい循環になった。薄利多売ですね。三井さんと同じで薄利多売、現金掛け値なし、あれと同じようなやり方だったんじゃないでしょうかという気がいたしますね。

そして田楽の味噌がけっこう辛いからそれでお酒もたくさん飲んで頂きました。

(『江戸名所図会』長谷川雪旦を見ながら)白酒を売り出したときの絵ですね。白酒のときだけは、店の前を矢来で取り囲んで、入り口と出口を作った。お医者さんと鳶の方が櫓にいて整理する。体を悪くした人は先生がこう持ち上げて手当てする。で、入口で兌換券を売ってて、店内ではお金が流通しないようになっていた。いまのクレジットみたいなものですね。手前に桶がたくさんあるのは、空き容器が欲しい方はこれを持って入ってくださいということです。昔の人は律儀なものだから、その空き桶を必ず返しにくるんです。そうすると、そのときにまたお酒を買っていただけるということですね。

――関東大震災で被災されて、鎌倉河岸から神田美土代町に移られた。そこで東京大空襲に遭われて、こちらに移転することになったんですね？

東京でいちばん早い大空襲（昭和十九年十一月）だった。まだ疎開が始まってない時期ですから、うちも疎開していませんでした。ですから、古くていいものがいっぱいありましたがみんな燃えてしまいました。それで終戦になったら、今度は進駐軍

「江戸名所図会」

（GHQ）が美土代町一帯をモータープールに使うという。祖父が猿楽町に住んでいたので、それも戦禍で燃えたところにバラックを建てて、それで始めたんですね。それから、昭和四十五年に現在のビルを建てました。美土代町の土地は接収解除後にビルを建て全部貸してます。

他人様の造られた下り酒だけだったら儲けは少ないということで、自前の酒を造りたいと大正の初めごろに、うちの祖父とそれから京都の浅井さん、灘の坊垣《ぼうがき》さん、その三人で三栄《さんえい》合名会社を設立し、灘《なだ》で酒造りを始めたんです。ブランド名は個々につけました。私どもは金婚正宗というブランドで販売しておりましたが、空襲で灘の蔵は燃えてしまったんです。

それで、三者がこれではもうしょうがないということでそれぞれ自前でやることにした。あのころは、お酒を造るとなるとお米の割り当てがあったんです。三者ともその割り当て数をみんな自分のところにもってかえって、それで京都なら京都で、割り当てを増やしてそれで酒を造った。うちも東村山に小さな蔵がそのころありましたのでね。そこへ、お酒（お米）の割り当てを持ってきて、東村山で本格的に造り出したのが戦後です（豊島屋酒造（株）の始まり）。有難い事には、現在では明治神宮様、神田明神様及び葛飾の日枝《ひえ》神社様の御神酒として納めさせて頂いております。金婚式には「大吟醸　金婚」を、銀婚式には「純米大吟醸　銀婚」の御注文を頂いており、本年より新たに、私どもの祖先の豊島屋十右衛門に因み「十右衛門」を新発売し、皆様に愛されております。また、当社の大吟醸は、全国新酒鑑評会で数多くの金賞を頂いております。地下一五〇メートルの井戸を掘り、富士山の伏流水を仕込み水として用いております。金婚正宗は、多くの日本そば屋さんで「旨いそば酒」として御用命を頂き、「東京（江戸）の地酒」としてたくさんの方々にご賞味頂いております。

また、佐伯先生の「鎌倉河岸捕物控」シリーズで豊島屋を描いて頂き、多くの方々に白酒を知って頂けたことは嬉しい限りです。

現在は、新酒である純米無濾過原酒『十右衛門』の販売に力を注いでいるという。

株式会社　豊島屋本店
東京都千代田区猿楽町1丁目5番1号
電話　03-3293-9111
フリーダイヤル　0120-00-9119

column 江戸のイベント・娯楽①

藪入り《やぶい》 商家で奉公人が国許、親元に帰ることを許される休日。正月と盆の二回あった。遊興街に繰り出す者も多かった。

開帳 寺社が一定期間に限って秘仏の帳を開き衆生に結縁の機会を与える宗教行事。ふだん拝めない仏像を拝めるとあって、有名な寺社の開帳は多くの人で賑《にぎ》わった。自坊で行う居開帳と出張して他の寺院で行う出開帳がある。

放生会《ほうじょうえ》 捕らえられた生き物を解き放って自由にする儀式。殺生戒の仏教思想と結びついて、全国の八幡神社で陰暦八月十五日に盛んに行われた。

千社札 千社詣《もう》でに参拝した折、寺社の柱・天井などに貼《は》り付ける札。長方形の紙に氏名・生国・屋号などを記した。江戸期は庶民の遊びとしての要素が加わり、墨一色の地味なものだけでなく、多色刷りで美しい絵柄の入れられたものまで作られた。

初午《はつうま》 二月最初の午の日。その日に行われる稲荷社の祭礼。本来は五穀豊穣を祈願するもの。江戸期は、人々がこぞって厄払いに訪れるほどの賑わいを呼んだ。各地の稲荷社や寺院で盛大な初午の行事が行われ、露店や見世物小屋が軒を連ねた。

鎌倉河岸捕物控シリーズ

全作品解説

細谷正充（文芸評論家）

政次、亮吉、彦四郎、そしてしほ。
それぞれの成長を作品とともに。

◆橘花の仇

二〇〇一年三月一八日刊

江戸鎌倉河岸。古町町人が多く暮らす、歴史のある町である。古町町人とは、芝口から筋違見附《すじかいみつけ》の間の町屋に、徳川幕府が開かれたときから住んでいる町人のことだ。その鎌倉河岸の長屋で成長した、三人の幼馴染《おさななじ》みがいた。日本橋にある老舗《しにせ》呉服問屋「松坂屋」の手代の政次。金座長官の後藤家と太いパイプを持つ岡っ引・金座裏の宗五郎の下で、手先をしている亮吉。船宿「綱定」の船頭の彦四郎。友垣の絆《きずな》で結ばれた彼らは、鎌倉河岸の酒問屋「豊島屋」の看板娘・しほを張り合うライバルでもあった。だが、そのしほの父親が殺されてしまった。犯人の御家人はすぐに判明するが、事件の状況と、要所にばら撒《ま》かれた鼻薬により、無罪同然の扱いになってしまう。しかも御家人は、しほの身を狙《ねら》っていたのだ。これに怒ったしほたちは、政次の描いた絵図で、仇討《あだう》ちを実行。見事に成功するが、すべてを見抜いていた宗五郎に大目玉を喰《く》らった。

なんとか一件落着した事件だが、これが切っ掛けになり、しほは自分の両親が川越藩の人間だったことを知った。どうやら両親には、大きな秘密があり、それに川越藩の内紛が絡んでいるらしい。カップル強盗・年頃の娘の神隠し・板の間荒らし……、続発する事件を追いながら、しほの身を案じる宗五郎だが、彼女が襲われたことで激怒。しほが発見した、重要な書付を握りしめ、川越藩に乗り込んだ。

すでに幾つかの時代シリーズを手がけていた佐伯泰英の新シリーズ「鎌倉河岸捕物控」は、作者初の捕物帖《とりものちょう》であった。しかもメインの主人公は、鎌倉河岸で生き生きと躍動する三人の若者だ。ちなみに二〇〇六年現在、純然たる町人を主人公にした作品は、このシリーズだけである。捕物帖のスタイルで、若者たちの青春グラフティーを活写したところに、このシリーズの大きな特徴があるといえよう。

また、若者たちの後ろにデンと控えている、大人たちの姿も読みどころ。古町町人であり、将軍公認の金流しの十手を持つ、岡っ引の九代目宗五郎。世の中の酸いも甘いも噛《か》み分けた、彼が後ろにいるからこそ、若者たちが弾《はじ》けることができるのだ。いや、宗五郎だけではなく、豊島屋の主人の清蔵や、松坂屋の隠居・松六など、みんなが大人の魅力を放っているのだ。しっかりした大人たちと、潑《はっ》剌《らつ》とした若者たちが、和気藹々《あいあい》と暮らす鎌倉河岸は、まるで地域社会のユートピア。この土地こそが、シリーズの本当の主人公かもしれない。

◆政次、奔る

二〇〇一年六月一八日刊

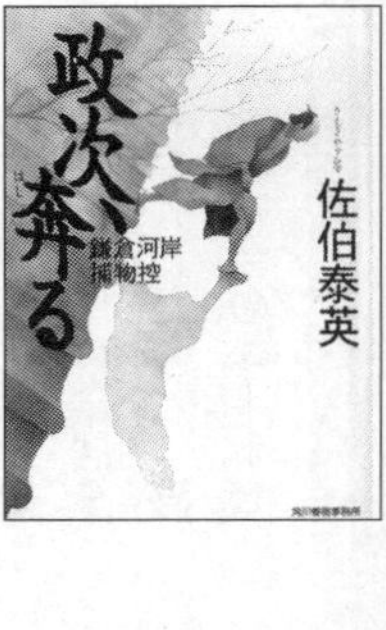

日本橋二丁目に店を構える、老舗呉服問屋の「松坂屋」。その店の手代の政次は、九代目当主で、今は隠居の身の松六に従い、年始廻《まわ》りをしていた。だが松六は、小さな寺の銘も刻まれてない墓石を拝み、その後、増上寺北側にある荒屋敷に向かう。無人と思われた屋敷だが、そこには正体不明の剣客がいた。政次が剣客に立ち向かい、からくも松六は助かる。しかし転倒したとき頭を打ち、意識不明の重態になってしまった。一連の顚末《てんまつ》を聞いた、金座裏の宗五郎は、彼の奮闘がなければ松六は殺されていたというが、政次の心は晴れない。宗五郎たちとは別に、独自に事件を追い始めた。

一方、縁の深い松六の危難に、宗五郎も奮い立つ。とはいえ、他の事件も忘れるわけにはいかない。噺家《はなしか》殺し・少女誘拐事件・亮吉の母親が暮らす「むじな長屋」で起きた殺人……。さまざまな事件を解決しながら、松六の件に肉薄していく。屋敷内で松六がいった「あの日から十四年か……」「亡霊が未《いま》だ現われるか」を手掛かりにした宗五郎は、かつて幕閣を震撼《しんかん》させた若年寄・田沼意知が城中で刺殺された事件に行き着く。そして宗五郎と政次が合流したとき、過去の意外な真実が明らかになるのだった。

「鎌倉河岸捕物控」シリーズは、冒頭でひとつの事件を提示し、その途中に幾つかの事件を挟みながら、徐々に最初の事件を進行させ、最後に解決するというスタイルを採っている。本書もそのパターンを踏襲したものといえよう。それだけに冒頭の事件は、読者の興味を惹《ひ》くものでなければならないが、その点、歴史上の有名な事件を絡めた、松六襲撃の真相は抜群に面白い。しかも松六負傷の責任を感じた政次が、自分自身の事件として、犯人を追いかける。犯罪捜査のプロの宗五郎たちと、素人探偵の政次を並走させた物語は、ワクワクせずにはいられないのだ。

前作で政次の才能に注目した宗五郎は、彼を自分の跡継ぎにと考えた。本書の政次の行動を見て、その思いはさらに強まり、とうとう政次を松坂屋から貰《もら》い受けたのである。はやくもシリーズは、新たな展開を迎える。

なお、シリーズ第一弾『橘花の仇』は最初、ハルキ文庫で出版されたが、これはまだハルキ時代小説文庫がなかったため。本書刊行時が、ハルキ時代小説文庫の創刊であった。

◆御金座破り

二〇〇二年一月一八日刊

前作のラストで、松坂屋の手代から、金座裏の宗五郎の手下になった政次は、いきなり大事件の探索に駆り出される。戸田川の渡しで金座の手代・助蔵の死体が発見されたのだ。京都に出張していた助蔵の任務は、改鋳される新小判の意匠を考えることであった。もし助蔵が、新小判の意匠を奪われたのなら、幕府の貨幣制度が崩壊しかねない。未曾有《みぞう》の危機に宗五郎が立ち上がる。

手下の常丸と政次を連れて、奔走する宗五郎。宗五郎は政次を自分の跡継ぎにすると手下たちにいってないが、心きいた者たちは、うすうす察していた。しかし、のんき者の亮吉は、そんなことは思いもしない。自分と反りの合わない下駄貫からその可能性を聞かされ、ショックのあまり出奔してしまう。亮吉の身を心配する政次たちだが、次々と起こる事件に、体を休める暇もない。諸商学塾の塾頭の娘が誘拐された事件・大金の二重取りから始まった悲劇……。幾つもの事件と並走しながら宗五郎は、助蔵殺しの真相を暴こうとする。一方、行く当てもなく放浪する亮吉は、ひょんなことから助蔵殺しの一味に迫っていた。離れていても、心はひとつ。岡っ引きたちの力が、やがて金座を巡る意外な陰謀を明らかにする。

　シリーズ第二弾『政次、奔る』が政次の物語なら、第三弾の本書は亮吉の物語といえるだろう。金座裏の宗五郎の手下をしている亮吉。尻は軽いが、気のいい男だ。捕物話が大好きな豊島屋主人の清蔵は、何かといえば亮吉をくさすが、それも彼の人柄を愛すればこそだろう。そんな亮吉だが、幼馴染みの政次が自分たちの親分になるかもしれないと聞かされれば、さすがに心穏やかではいられなかった。ショックのあまり出奔した亮吉は、いかにして現実と折り合いをつけるか。現実との折り合い——すなわち成長が、本書の読みどころとなっている。幼馴染み三人の中で、実は彼が一番、難しい立場にいるのだ。

　もちろん、スケールの大きな事件も注目に価《あたい》しよう。将軍拝謁の機会を持つ古町町人であり、金座の後藤家と密接な関係にある、金座裏の親分だからこそ手がけることができる大事件。金流しの十手を手にする宗五郎の設定を活《い》かした、他の捕物帖では味わえない事件も、シリーズの魅力となっている。岡本綺堂の『半七捕物帳』以来、無数に書かれてきた捕物帖の世界に、このシリーズは新たな足跡を印しているのだ。

◆暴れ彦四郎

二〇〇二年六月一八日刊

従姉妹《いとこ》の祝言に呼ばれ、亡き両親の故郷の川越藩に出立《しゅったつ》した、豊島屋の看板娘しほ。政次・亮吉・彦四郎は、彼女が乗る船まで、見送りに行った。その船に、彦四郎の顔を見て、驚いた老人がいた。彦四郎も老人の顔に見覚えがあるが、誰だか思い出せない。本来ならば、ただそれだけの小さな出来事。だがそれが彦四郎の危難に繋《つな》がった。誰かの依頼を受けた刺客が、何度も彼を襲撃したのだ。彦四郎の身を心配する政次や亮吉だが、彼の件に専念するわけにもいかない。連続辻斬《つじぎ》り事件・回向院開帳を利用した詐欺・宿下がりから帰る途中、消えた娘……。幾つもの事件と取り組みながら、彦四郎襲撃の謎《なぞ》を追う。しかし、なかなか真実は見えてこない。

そこに帰ってきたのが、しほである。宗五郎にたのまれて、事件関係者の似顔絵を描くほどの絵心を持つ彼女は、旅の始まりからあれこれをスケッチ。これに描かれた絵が、突破口になった。非道な犯人の正体に、彦四郎の怒りが爆発する。『政次、奔る』で政次、『御金座破り』で亮吉とくれば、今度は彦四郎である。というわけで本書では、船宿「綱定」の船頭・彦四郎が大きくクローズアップされている。

この彦四郎という男、小さい頃から船頭を目指し、今では若いながらも腕利き船頭として、贔屓《ひいき》筋も多い。自分の好きな道を、淡々と歩む職人のような、気持ちのいい生き方をしているのだ。真面目《まじめ》な政次や、尻の軽い亮吉とは、またひと味違ったキャラクターといっていい。一冊ごとに主人公格が交代することで、幼馴染み三人の肖像が、くっきりと紙幅に刻みつけられたのである。エンタテインメント・ノベルの勘所を熟知した作者の、心憎い趣向だ。

趣向といえば、事件解決の〝鍵《かぎ》〟もそうだろう。シリーズ第一弾から、非凡な絵の才能を見せ、似顔絵などで捕物に強力してきたしほ。ミステリーを読みなれた読者なら、しほが彦四郎の顔を見て驚いた老人を描いたという描写で、これが手掛かりになると思い、彼女の帰りをやきもきと待ったことだろう。気がつかなかった読者なら、しほの絵が手掛かりになると気づいた場面で、やられたと膝《ひざ》を叩《たた》いたはずだ。どちらにしろ作者の術中に、心地よく嵌《はま》ってしまうのである。なんとしても読者を楽しませようという、作家の面魂が、そこにあるのだ。

◆古町殺し

二〇〇三年一月一八日刊

寛政十一年の春。十一代将軍家斉が主催する、御能拝見の日が近づいていた。徳川幕府開闢《かいびゃく》以来の古町町人も、御能拝見に招かれるため、鎌倉河岸にも浮かれた気分が流れている。だが、それに水を差す凶事が発生した。古町町人であり、将軍お許しの金流しの十手を持つ金座裏の宗五郎が、凄腕《すごうで》の刺客に狙われたのだ。なんとかことなきを得た宗五郎だが、これは事件の幕開きに過ぎない。古町町人が、立て続けに殺されたのである。彫り物のある女の連続殺人・六阿弥陀参りを狙った強盗など、その他の事件に忙殺されながらも、古町殺しを追及する金座裏の面々。なんとか犯人の目星はつけたものの、その奴らは、恐るべき計画を実行しようとしていた。事件解決を厳命された御能拝見の日は、刻一刻と近づく。宗五郎たちの執念の捜査は、間に合うのだろうか？

若者たちを一通り描いたなら、次は大人の出番だ。シリーズ第五弾となる本書は、満を持して、金座裏の宗五郎が主役を務める。

金座裏の九代目宗五郎。古町町人のひとりであり、金座の後藤家と太いパイプを持つ岡っ引だ。金座裏に居を構え、八百亀・下駄貫・常丸など、たくさんの手下を抱え、鎌倉河岸一帯に睨《にら》みをきかせている。将軍公認の金流しの十手を持ち、身分は町人でありながら、独特の立場にいる、江戸の名物男だ。いままでも若者たちの後ろで、いぶし銀の魅力を放っていた宗五郎だが、今回は自身も関係する〝古町殺し〟とあって、より積極的に事件にかかわっていく。シリーズの愛読者なら、待ってましたと、大向こうから声をかけたくなる一冊だ。

また本書が、サスペンスのパターンのひとつ〝タイムリミット物〟になっている点も留意すべきだろう。御能拝見の日までに事件解決を厳命された宗五郎と、彼の手足となって東奔西走する政次たち。渾身《こんしん》の捜査は間に合うのか。ドキドキハラハラせずにはいられない。

そうそう、跡継ぎ修業のため、赤坂田町の神田道場で直心影流を習う政次は、剣の筋がよいらしく、その腕前を物語の中で披露してくれる。だが本書の締めは宗五郎だ。冒頭で襲撃してきた刺客と、最後の最後で、宗五郎は雌雄を決するのである。そこそこの腕になった政次など、まだ小僧というわけか。大人の巨《おお》きさを見せつけた、ラストの宗五郎が格好いいのだ！

◆引札屋おもん

二〇〇三年一〇月一八日刊

鎌倉河岸に店を構える名代の酒問屋「豊島屋」の主人・清蔵が、老いらくの恋をした。相手は、引き札屋を始めたばかりの、おもんという女。最初は仕事の関係だったが、いつしか男女の深間になってしまったのだ。清蔵の行動に、いささか戸惑いながらも、金座裏の面々は、黙って成り行きを見つめていた。

その間にも、江戸の市《し》井《せい》に事件は絶えない。橋の上で鑿《のみ》を刺されて殺された女・通り魔事件・葵《あおい》の紋の上に貼《は》られた千社札。幾つもの事件が、始まり終わる。そして清蔵の恋も……。

「鎌倉河岸捕物控」シリーズには、脇役ではあるが、絶対に欠かすことのできないレギュラーが何人かいる。その筆頭が、清蔵であろう。幕府開闢以来の古町町人であり、老舗酒問屋「豊島屋」の主だが、店のことは女房と子供に任せて、自分は店にきた客たちと交わる。捕物話が大好きで、金座裏の事件が解決すれば、亮吉の講釈を今か今かと待ちわびる。一言でいえば、好人物である。その清蔵が、生涯初めてといっていい、激しい恋をした。相手は、引札屋を始めたばかりの、おもんという女だ。いままでの亮吉たちとの掛け合いからは想像もつかない、人間臭い一面を晒《さら》した清蔵。彼の恋がどうなってしまうのか、ドキドキしながらページを繰ってしまうのである。

さらに清蔵の恋に気づいた宗五郎たちの態度も、味わい深い。おもんが悪い女ではなく、ふたりの仲が真剣だと知ると、ただ黙って成り行きを見守るのだ。宗五郎や政次が手がける事件の面白さもさることながら、本書は、しっとりとした大人の恋愛小説として読むことができるのだ。

なお、鎌倉河岸の「豊島屋」は実在の店であるが、主人の清蔵は作者の創作である。「山なれば富士、白酒なれば豊島屋」のキャッチコピーを持つ「豊島屋」は、現在も猿楽町《さるがくちょう》で営業を続けている。店舗存続の可能性をまったく考えないいま、作品に「豊島屋」を使った作者が、現在の主人から連絡を受けて驚いた件は、本書に付されたあとがき「豊島屋について」に詳しい。

そのあとがきの中で「筆者は豊島屋清蔵の老いの迷いの中に、人間の限りある生と商いの永続性ということを対照させてみたかった」と述べている。これが本書のテーマだと、いっていいだろう。

二〇〇四年六月一八日刊

◆下駄貫の死

松坂屋の隠居の松六夫婦たちが、信州伊香保で湯治をすることになった。豊島屋の看板娘・しほも、一行に加わっている。これを見送りに戸田川の渡しまで繰り出した、金座裏の宗五郎と、政次・亮吉たち。しかしそこで彼らは、女性が刺殺される現場に遭遇した。残念なことに犯人を逃してしまった金座裏の面々。だが事件を追ううちに、思いもかけない大物を釣り上げるのだった。

のんびりと湯治を楽しむ松六たち。しほは、軽業の練習をしている娘たちと知り合いになる。一方、江戸では、政次たちが、さまざまな事件と格闘していた。彦四郎が働く船宿「綱定」の女将《おかみ》・おふじを巡る騒動。古碇《いかり》連続盗難に隠された謎。相次ぐ事件を収めながら宗五郎は、政次を跡継ぎにすることを、正式に披露する決意を固めていく。だが、その空気を快く思わない手下がいた。長年、宗五郎の下で働いてきた下駄貫だ。政次への反発から、功を焦った下駄貫が、殺されてしまったのだ。下駄貫を殺した犯人は捕えたが、金座裏は悲しみに沈んだ。しかし事件は待ってくれない。新たな盗難事件が発生するが、湯治から帰ってきたしほの似顔絵のおかげで、解決の目処《めど》はついた。見事、犯人を捕えた政次は、十代目襲名に臨むのだった。

シリーズ第七弾となる本書は、重要な節目の巻となった。下駄貫の死という大きな悲劇を乗り越えて、ついに政次が金座裏十代目を襲名したのである。これによりシリーズは、新展開を迎えることになった。まさに激動の一冊である。

金座裏の面々が殺人を目撃するショッキングな出だしから、湯治場でのエピソードが事件と結びつくラストまで、ストーリーも一気読みの面白さ。さらに、自ら望んだ道ではないが、周囲の期待に応《こた》えようと奮闘する政次と、そんな政次を立てる亮吉の心映えも爽《さわ》やかだ。これからは自分の上になる親友を言祝《ことほ》ぐ亮吉の姿を、優しく認める、しほの眼差《まなざ》しも気持ちいい。こうした、分かり合い、理解し合った若い仲間の絆が、シリーズの読みどころになっていることは、改めていうまでもあるまい。

ところで本書のタイトルが新刊案内で流れたところ、本当に下駄貫は死んでしまうのかという問い合わせの電話が、何件も編集部にあったという。シリーズの人気を印象付けるエピソードである。

◆銀のなえし

二〇〇五年三月一八日刊

ついに金座裏十代目の若親分となった政次だが、事件の方は待ったなし。荷足船《にたりぶね》の荷物がすり替えられた。これを鮮やかに解決した政次に、すり替えられた荷を取り戻した山科屋の主人が、銀のなえしを贈った。

本書から引用させてもらうが、なえしとは〝「なやし」とも「萎し」とも呼ばれたり書かれたりする打物隠しの武器だ。敵の手なり、腕なりを打って萎えさせるところに、その名は由来していた〟とのことである。宗五郎の金流しの十手。そして政次の銀のなえし。金銀そろった新たな名物に、鎌倉河岸は沸き立つ。しかし政次に浮ついた気持ちはない。質屋一家の皆殺し・「豊島屋」で騒いだ火消しとの対決・巾着切り《きんちゃくき》……。続発する事件に、政次は真摯《しんし》に取り組む。

シリーズ第八弾となる本書は、若親分・政次の売り出し篇《へん》である。事件解決の感謝の気持ちを込めて、政次に贈られた銀のなえし。金流しの十手の宗五郎と、銀のなえしの政次。鎌倉河岸の名物が、またひとつ増えた。読んでいるこちらまで、嬉《うれ》しくなる展開である。新たな武器を得て、さらに心を引き締める、政次の態度が爽やかだ。

それにしても佐伯泰英は、どうしてこんなに小説が巧《うま》いのだろう。前作で政次は、金座裏十代目襲名披露をして、若親分になった。これはシリーズが新たなステップに入ったことを意味する。そうしたポイントを作者は、若親分・政次の手柄により、銀のなえしを贈られるというエピソードを入れることで、はっきりと印象づけたのである。以後、銀のなえしが閃《ひらめ》くたびに、若親分・政次の姿が、鮮やかに浮かび上がる。キャラクターの新たな立場と魅力を引き立てる、ベテラン作家らしい巧緻《こうち》な小説テクニックだ。

さらに本書には、捕物帖の面白さも、たっぷり詰め込まれている。第一話「荷足のすり替え」では、荷足船に積まれた荷を、船ごとすり替えるというアイディアが光っていた。続く第二話「銀のなえし」では、一家斬殺《ざんさつ》の現場に残された、蕎麦《そば》の汁が手掛かりになる。いかにも捕物帖ならではの着想が秀逸。犯人の洩《も》らした一言から、巾着切りの意外な正体を暴く、第四話「巾着切り」も優れた作品だ。もともとは冒険小説やミステリーの世界で活躍していた作者のこと。その実力が、このシリーズで、十全に生かされているのである。

◆道場破り

二〇〇五年一二月一八日刊

初午《はつうま》の日。政次・亮吉・しほの三人は、開放された旗本御書院番頭の上屋敷にある稲荷社を訪れた。稲荷社の周りは、屋台も出て賑《にぎ》やかだ。そこで亮吉は、突然、年増女に抱きつかれる。後になって調べると、懐《ふところ》に、臍《へそ》の緒《お》が投げ込まれていた。いかなるわけがあって、このような不可解な真似《まね》をしたのか。武家の掟《おきて》と、親の情の狭間《はざま》で苦しむ女性の存在を知った政次たちは、彼女のために奔走する。（第一話「初午と臍の緒」）

政次が修業する、赤坂田町の直心影流神谷道場に、道場破りが訪れた。乳飲み子を背負った女武芸者・永塚小夜である。円流小太刀を遣うという彼女は、なかなかの腕前。木刀での勝負は政次の辛勝に終り、小夜は道場を去った。しかし彼女は、何か問題を抱えているらしい。やがて奇妙な道場破りが、あちこちに現われるようになった。（第二話「女武芸者」）

北町奉行所筆頭与力の息子で、見習いに出ている新堂孝一郎の様子がおかしい。鑑札をいただく寺坂毅一郎から、内々の相談を受けた金座裏の宗五郎が動き出す。

孝一郎の通う、深川の道場が怪しいという情報を摑《つか》んだ宗五郎は、政次を送り出した。なぜか、メキメキと腕が上がるという道場の噂。その裏には、恐るべき秘密が隠されていた。（第四話「深川色里川端楼」）

いよいよ好調な、シリーズ第九弾だ。本書でも、さまざまな事件が扱われているが、そのほとんどで、親子関係が重要な意味を持っている。親から子へと受け継がれていく時の流れが、今回のテーマといえるかもしれない。見逃せないポイントなのだ。

一方、政次たちの私生活に眼《め》を向ければ、政次としほの仲が深まり、一緒になることが確定した。亮吉はといえば、「むじな長屋」に引っ越してきた壁塗り職人の一家の姉娘に惚《ほ》れたらしい。どこまで本気だかは分からないが、若者たちの生活も、少しずつ変化しているようだ。鎌倉河岸で伸び伸びと成長し、やがて責任ある大人へとなっていく若者たちの姿が、まぶしくてならない。

なお、江戸に落ち着いた永塚小夜は、次作『埋《うず》みの棘《とげ》』にも登場。どうやらシリーズの、ニュー・ヒロインになりそうである。またひとつ、シリーズの楽しみが増えた。

◆埋《うず》みの棘《とげ》

二〇〇六年九月一八日刊

寛政十二年の初夏。若親分の政次は、北町奉行所の内与力に呼び出された。内与力の話によれば、水戸家の目付が政次のことを、根掘り葉掘り問い質《ただ》したという。いつものように「豊島屋」でこのことを喋ると、彦四郎が顔色を変えた。彦四郎に促され、亮吉も思い出した。幼馴染み三人は過去に、水戸藩と奇妙なかかわりを持っていたのだ。

まだ三人が十歳だった、寛政元年の夏のことである。水戸家の屋敷に忍び込んだ三人は、鬱蒼《うっそう》とした森の中にある小さな池で水遊びをしていた。しかしそこで、藩内改革に絡んで、藩士が殺される現場を目撃。もうひとりの藩士が斬《き》られようとしたところを、大声を出して助けた後、あわてて逃げ出したのだ。子供心にも、これを話したら命が危ないと思い、三人はこの記憶を封印していた。どうやらその事件が、今頃になって蒸し返されたらしい。かつて助けた藩士が金座裏を訪れたことで、水戸藩の事情は分った。一度は挫折《ざせつ》した藩内改革に取り組んだことで、内紛も再発したのだ。それにより三人にも、火の粉が降りかかってきたのである。

他の事件も手がけながら、政次たちは、水戸藩の内紛に深くかかわっていく。ついに二桁《けた》の大台に乗ったシリーズ第十弾は、非常にユニークな試みを味わえる作品となった。その試みとは、本書に掲載された短篇「寛政元年の水遊び」とのリンクである。『埋みの棘』の中で回想されている、政次・亮吉・彦四郎の子供時代の冒険。これが独立した短篇として楽しめるようになっているのだ。もちろん『埋みの棘』だけでも、何の問題もないが、本書と併せて読めば、より一層楽しめることであろう。

さらに、メインの事件が、読者の興味を惹く、スケールの大きなものになっている。なにしろ政次たちの相手は、御三家の一角を成す水戸藩だ。岡っ引VS水戸藩。本来なら勝負になるわけもないが、そこはそれ金座裏十代目の若親分である。降りかかる火の粉を払うため、許せぬ悪を倒すため、敢然と水戸藩に立ち向かうのだ。今や神谷道場で五本の指に入るという政次の剣の腕前も、侍相手となれば、縦横無尽に発揮される。捕物帖だけではなく、チャンバラ小説としても読みごたえありなのだ。鎌倉河岸に生きる町人たちの、意地と度胸を満喫できる、充実の一冊といえよう。

column　江戸のイベント・娯楽②

六阿弥陀参り《ろくあみだ》　彼岸《ひがん》の前後に六カ所の阿弥陀如来を参拝するというもの。下谷《したや》から亀戸《かめいど》をめぐる六阿弥陀などコースもいろいろで、行楽日和の日にハイキング気分で楽しまれた。

天下祭り　幕府公認の御用祭。天下祭には山王祭（六月十五日）と神田明神祭（九月十五日）があり（根津権現祭が加わることもあった）、山車《だし》が江戸城内に入り将軍の目を楽しませた。

橘《たちばな》の鉢　江戸期を通じ、園芸は人気が高かった。植木市には盆栽から各種の花々、サボテンまでが売られた。菊や朝顔、ツバキ、ツツジなどが流行となり、菊人形など花による造形がもてはやされたりした。武家はツバキ、庶民のあいだでは朝顔や菊に人気が集まった。寛政期にはカラタチバナが爆発的なブームになって、高値で取引された。

勧進《かんじん》相撲　寺社が建立などの目的で資金を集めるための興行を勧進といい、勧進相撲を行うには寺社奉行の許可を必要とした。興行は天明期以降、本所回向院《えこういん》がほぼ独占した。寛政期には谷風、小野川が横綱の免許を受け、江戸っ子の人気をさらった。

佐伯泰英時代小説

シリーズ別解説

細谷正充（文芸評論家）

「鎌倉河岸」シリーズ以外にも、多数刊行されている著者の作品。魅力溢れる作品群をシリーズ別に紹介します。

◆長崎絵師通吏《とおり》辰次《しんじ》郎《ろう》シリーズ

（ハルキ文庫刊）

『瑠璃《るり》の寺』（文庫化の際『悲愁の剣』と改題）は、作者の時代小説の中で、唯一、ハードカバーで刊行されたものである。『密命　見参！　寒月霞斬《かすみぎ》り』と、ほぼ同時期に世に出た、二冊目の時代小説だ。主人公の通吏辰次郎は南蛮絵師。長崎会所から与えられた秘命のため、国禁を破り海外を放浪した。さまざまな異国の強敵と闘う一方、ジュゼッペ・カスティリオーネから西洋画法を学んだというから、きわめて特異な経歴の持ち主といえよう。そんな辰次郎が、主家の汚名を雪《そそ》ぐため、友人の忘れ形見と共に、江戸に現われた。たまたま非人頭《ひにんがしら》の車善七《くるまぜんしち》を助けた彼は、自分たちの事件を追いながら、運命に抗う善七たちに肩入れして、激しい闘いを繰り広げる。

続く第二作『白虎《びゃっこ》の剣』は、舞台を長崎に移して、辰次郎の新たな冒険が描かれている。ここで計画された、長崎会所の密貿易は、端緒に付いたばかり。シリーズの続刊が待たれてならない。

◆異風者《いひゅもん》（ハルキ文庫刊）

「異風者」とは、権力におもねることなく、間違いがあれば殿様にも諫言《かんげん》する、反骨の士のこと。肥後人吉《ひとよし》藩で、下級武士の家に生まれた彦根《ひこね》源二《げんじ》郎《ろう》が、この異風者であった。愛洲《あいす》移香流《いこうりゅう》を継承する道場の師範代をしていた彼は、裕福な数馬《かずま》家に婿入りするが、藩内の守旧派と改革派の政争に巻き込まれる。内乱同然の争闘を斬り抜け、出世を約束されたのも束の間、数馬家の人々が惨殺され、仇討ちの旅に出た。幕末から明治と変わった時代の流れにも背を向け、ひたすら仇を追う源二郎。だが、ついに仇にたどり着いた彼が知ったのは、慟哭《どうこく》の真実であった。

哀《かな》しい物語である。しかしその哀しみの底に、熱い血の滾《たぎ》りと、意地を貫いた男の生き様が横たわっている。作者は仇討ちに翻弄《ほんろう》される源二郎の人生を通じて、「異風者」の人生を鮮やかに、描き切ったのだ。

なお、物語の内容からしてシリーズ化は不可能。二〇〇六年現在、作者の時代小説の中で、唯一の単発作品となっている。

◆「密命」シリーズ

（『密命　見参！寒月霞斬り』ほか祥伝社刊）

幕府から切支丹本所持の嫌疑をかけられた、豊後相良《ぶんごさがら》藩を救うため、藩主の信頼篤《あつ》い金杉惣三郎《かなすぎそうざぶろう》が脱藩を装い、江戸の市井に飛び込む。佐伯泰英の記念すべき最初の時代小説『密命　見参！寒月霞斬り』は、このように始まった。単発作品の予定だったが、読者の人気に押されシリーズ化。秘剣・寒月霞斬りの遣い手である主人公・金杉惣三郎は、曲折を経て、八代将軍吉宗の影御用を務めるようになり、尾張藩と厳しい闘いを続けている。当初は剣豪小説の側面が強調されていたが、シリーズが重なるにつれ、惣三郎を中心とした家族や仲間たちの絆も、大きな見どころになっていった。

また、第三弾『密命　残月無想斬り』で女郎と心中騒ぎを起こした、息子の清之助も、剣者としてグングン成長。第七弾『初陣』では享保剣術大試合で第二席となり、秘剣・霜夜炎返しを会得した。ここからシリーズは、惣三郎・清之助を主人公とした、父子鷹の物語になったといっていいだろう。

◆「居眠り磐音《いわね》　江戸双紙」シリーズ

（『陽炎《かげろう》ノ辻《つじ》』ほか双葉社刊）

豊後関前藩の中老職の家に生まれた坂崎磐音は、親友たちと藩政改革に取り組もうとしていた。しかしその矢先、藩内の騒動により親友たちは非業の死を遂げ、浪人となった彼は江戸深川で長屋暮らしを始める。さまざまな人と触れ合い、幾つかの事件に巻き込まれた磐音は、やがて親友たちの死の秘密を知り、藩内に巣食う悪人を一掃した。だが、江戸で広い世界を知った彼は、藩に戻ることなく、自由な立場で藩内改革に協力するのだった。

「居眠り磐音　江戸双紙」シリーズは、直心影流の達人で、相手の剣を真綿で包むような〝居眠り剣法〟を得意とする坂崎磐音の活躍と、彼の周囲に集まった人々との繋がりを描いた人気シリーズだ。人の世の哀しみを知りながら、春風駘《しゅんぷうたい》蕩《とう》として生きる主人公のキャラクターが気持ちいい。また登場人物も、長屋の住人から将軍まで、実に多士済々である。居眠り磐音を中心に、明るく楽しい世界が、どこまでも広がっていくのだ。

◆「吉原裏同心」シリーズ　（『流離　吉原裏同心』ほか光文社刊）

豊後岡藩の馬廻《うままわ》り役だった神守幹次郎《かみもりみきじろう》は、幼馴染の汀女《ていじょ》と、手に手を取って駆け落ちする。納戸頭・藤村荘五郎と汀女の婚姻が、理不尽なものであると知っての決断であった。妻敵《めがたき》討ちの追っ手を避け、苦労を重ねながら諸国を放浪したふたりは、やがて江戸に向かう。そして出会ったのが、吉原の四郎兵衛会所の主・七代目四郎兵衛であった。四郎兵衛から剣の腕を見込まれた幹次郎は、遊郭の用心棒〝吉原裏同心〟を引き受ける。かくして吉原を安住の地と定めた幹次郎の、活躍が始まるのだった。

男女の遊び場である吉原に、不義者となっても愛を貫く純粋な夫婦を投げ込み、その姿を際立たせる。組み合わせの妙が光るシリーズである。遊郭の用心棒という仕事柄、吉原がメインの舞台となっているが、第六弾『遣《や》り手』では幹次郎が信濃路に、第七弾『枕絵』では夫婦で陸奥《むつ》白河まで足を延ばし、作品世界を拡《ひろ》げた。折に触れ、幹次郎が俳句を作るのも、楽しい趣向である。

◆「夏目影二郎始末旅」シリーズ
（『破牢狩《はろうが》り』ほか光文社刊）

実父・常磐秀信との確執から、無頼の徒になった夏目影二郎は、愛する女性を死に追いやった十手持ちを斬り捨てる。その罪で遠島になるところを、勘定奉行になった父に助けられ、腐敗した八州廻りの探索及び始末を命じられた。攻防一体の南蛮外衣を身に纏《まと》った影二郎の旅は、こうして始まったのである。豪剣一閃《いっせん》！　鏡新明智流が旅空に煌《きら》めく。

本シリーズの特色は、主人公の夏目影二郎が旅をするところにある。当初は関八州を舞台にしていたシリーズだが、第五弾『百鬼狩り』では肥後まで赴き、活躍の場を大きく拡げていった。旅情の中で繰り出される、骨太の物語が楽しめるのだ。国定忠治や鳥居耀蔵といった、実在の人物が事件に絡んでくるのも、興味深い読みどころである。さらに第十弾『役者狩り』では、表看板になっている〝旅〟を封印しながら、とてつもないスケールの戦いを描き切り、シリーズの新たな可能性を示した。

◆「酔いどれ小籐次留書《ことうじとめがき》」シリーズ（『御鑓《おやり》拝借』ほか幻冬舎刊）

五尺三寸（一五三センチ）の矮軀《わいく》。四十九歳という、当時としては老人といっていい歳《とし》。豊後森藩下屋敷の厩番《うまやばん》・赤目小籐次は、いたって風采《ふうさい》のあがらない人物だった。だがこの男、実は一子相伝の秘剣・来島《くるしま》水軍流の遣い手である。そして熱い魂を持っていた。江戸城内で四人の他藩主から辱《はずかし》められた藩主・久留島通嘉《くるしまみちひろ》のため、大胆不敵な行動に出たのである。大酒会が原因のしくじりを装い奉公を解かれた彼は、一介の素浪人となり、四人の藩主の参勤行列を狙い、鑓の穂先を次々と斬り落とした。

この事件を機に、江戸の市井で暮らすようになった小籐次。研ぎ師稼業をしながら、「御鑓拝借」された藩の刺客を返り討ちにするうち、いつしか江戸の名物男になっていく。「酔いどれ小籐次」シリーズは、激しいチャンバラと、市井の人情が同時に味わえる痛快作だ。第二の人生を飄々と歩む、小籐次の活躍を、いつまでも楽しみたいものだ。

◆「古着屋総兵衛影始末」シリーズ

（『死闘！』ほか徳間書店刊）

現在も地名として残っている日本橋富沢町。そこを拠点にして、手広く古着屋を営む六代目大黒屋総兵衛は、徳川家を護持する影旗本・鳶沢一族の頭領である。「古着屋総兵衛影始末」シリーズは、大黒屋総兵衛とその一族の、激越な闘いを活写した雄大な作品だ。第一弾『死闘！』で、古着屋の利権を狙う、非道な敵を倒した総兵衛たち。だが、この一件で、五代将軍綱吉の寵臣《ちょうしん》で、絶大な権力を持つ柳沢吉保と対立。以後、暗闘を繰り広げることになる。

しかも第七弾『雄飛！』で総兵衛は、密《ひそ》かに建造していた大船に乗り込んだ。そして、徳川幕府を守護する力を蓄えるべく、あえて国禁を破り、異国との貿易に着手したのである。こうした国際的なスケールが、シリーズの大きな魅力といっていいだろう。

なお、第十一弾『帰還！』で、シリーズを通じての敵役であった、柳沢吉保が失脚。物語は、一旦《いったん》、閉幕した。

◆「交代寄合伊那衆異聞《こうたいよりあいいなしゅういぶん》」シリーズ（『変化』ほか講談社刊）

信州伊那谷にある座光寺《ざこうじ》家は、一千石の旗本でありながら、参勤交代をする名誉を与えられた交代寄合だ。しかも徳川家滅亡の時には、将軍を介錯《かいしゃく》するという「首斬安堵」という密命があった。だが、養子に迎えた十二代当主・左京為清は、吉原通いの日々を送っている。その左京為清が吉原で安政の大地震に遭遇。行方不明になった。伊那谷から出府した本宮藤之助は、左京為清を求めて、独自に編み出した秘剣・天竜暴れ水を揮う。しかしその行く手には、思いもよらない事実と、彼自身を見舞う、激動の運命が待ち構えていたのだった。

「交代寄合伊那衆異聞」シリーズは、幕末を背景に、破天荒な展開で座光寺当主になった本宮藤之助の人生を綴《つづ》る、ユニークなシリーズである。第三弾『風雲』で、老中・堀田《ほった》正睦《まさよし》の命を受けた藤之助は、候補生たちを率いて、長崎海軍伝習所に向かった。激動の時代を若武者は、どう生きていくのか。眼の離せないシリーズである。

◆「悪松《わるまつ》」シリーズ

（『秘剣雪割り（悪松・棄郷編）』ほか祥伝社刊）

強い侍になりたい！　〃悪松〃こと一松《いちまつ》は、中間《ちゅうげん》の父親が殺され、自分は江戸放逐になったことから、低き身分を嫌い、強い侍になることを渇望する。箱根山中で老武芸者から愛甲派示現流を学んだ彼は、大安寺一松弾正を名乗り、江戸に舞い戻った。破竹の勢いで道場破りをする一松だが、示現流を使うことが、薩摩藩の逆鱗《げきりん》に触れた。ここから一松と薩摩藩の、血みどろの闘いが始まる。

剣戟《けんげき》の響きが、最初から最後まで途切れない、激しいシリーズである。それは一松という若者が、剣を揮うことでしか自己存在を表明できないからだ。言葉の意味通り、自分の道を斬り拓《ひら》く荒武者の青春が、シリーズの読みどころであろう。もっとも第一弾『秘剣雪割り』で、女郎の境遇から助け出したやえと、夫婦同然の関係になるにつれ、一松の心も変化してきたようである。また第三弾『秘剣乱舞』で、水戸のご老公こと水戸光圀が登場して、一松とかかわりを持つ。シリーズは新たなステージに突入した。

◆その他の佐伯泰英作品

佐伯泰英の最初の著書『闘牛』は、自ら撮った闘牛の写真に文章を添えた、フォト・エッセイであった。以後『闘牛士エル・コルドベス一九六九年の叛乱《はんらん》』『狂気に生き』などの、ノンフィクションを発表しながら、八九年に冒険小説『殺戮《さつりく》の夏コンドルは翔《と》ぶ』(『テロリストの夏』と改題)を上梓《じょうし》。小説に進出する。海外生活の経験を生かした、国際色豊かな冒険小説とミステリーを得意とした作者だが、この時期の代表作は、フランコ政権末期のスペインを舞台に、テロリストに妻子を殺された日本人カメラマンの復讐《ふくしゅう》行を描いた『ユダの季節』及び、その姉妹篇の『白き幻影のテロル』であろう。

また、九四年の『犯罪通訳官アンナ　射殺・逃げる女』(『五人目の標的』と改題)から始まる「犯罪通訳官アンナ」シリーズ(現「警視庁国際捜査班」シリーズ)は、当時の国際化する日本の状況を踏まえた意欲作であった。こうしたノンフィクションや冒険小説、ミステリーも、佐伯泰英の世界なのである。

「鎌倉河岸捕物控」

年表

シリーズの軌跡がひと目でわかる。
作品年代順の完全年表。

「鎌倉河岸捕物控」年表

一六三三年　寛永《かんえい》十年
二代目宗五郎のとき、金座に押し込み強盗が入る。宗五郎は左手首を斬《き》り落とされながらも一味を捕縛する。
一七六〇年　宝暦《ほうれき》十年
九代目宗五郎（周太郎）生まれる。
一七七八年　安永《あんえい》七年
亮吉、彦四郎、政次生まれる。
一七七九年　安永八年
神無月《かんなづき》　武州川越藩納戸役村上田之助とその許婚であった御小姓番頭久保田家三女早希が藩を逐電する。
川越藩城代家老根島伝兵衛と城下一の豪商六代目檜本屋甚左衛門が氷川神社社殿前にて何者かに斬り殺される。
一七八一年　天明《てんめい》元年
しほ生まれる。
一七八七年　天明七年
六月　打ちこわしが相次ぐ。米の買い置きに同調していたとして打ちこわし鎮静のために、神田多町などを差配する名主藤倉松次郎と村松町を司る津之国屋五平が名主

世界・日本史

一七八一年　天明元年
本所回向院境内で大相撲興行。大相撲人気。
天明年間に千社札、浮世絵美人画、役者絵が流行する。
一七八二年　天明二年
天明の大飢饉《ききん》（〜一七八八年）。
一七八三年　天明三年
大黒屋光太夫らがアリューシャン諸島に漂着、岩木山・浅間山が噴火。

を召し上げになって、江戸所払いを命じられる。

一七八九年　寛政《かんせい》元年

夏　亮吉、彦四郎、政次が水戸屋敷から流れ出る川で水遊びをしていて、水戸藩士同士による斬り合いを目撃。半澤立沖が富田新吾を殺害。三村五郎次に迫るが、政次らの機転で九死に一生を得る。

一七九三年　寛政五年

七月　松平定信、老中を解任される。

松坂屋の松六が城中の人事に気を落とし、商いの第一線から身を引く。

『橘花《きっか》の仇《あだ》』

一七九七年　寛政九年　春先

二月中旬　白酒の仕込みが始まる。

しほの父江富文之進（村上田之助）が橘の鉢をめぐり、賭《か》け碁《ご》の相手（市川金之丞）に殺される。

三月中旬　父を亡くしたばかりのしほを誘って亮吉、彦四郎、政次が大川に猪牙舟《ちょきぶね》で船遊びをする。

しほが三人の力を借りて父の仇討《あだう》ちを果たす。

＊

一七八四年　天明四年

旗本佐野善左衛門政言《まさこと》が若年寄田沼意知を江戸城で殺害。

一七八六年

田沼意次が老中を罷免《ひめん》され、失脚。

最上徳内らが千島を探検。

林子平が『海国兵談』を著す。

一七八七年

五月　江戸・大坂で米屋の打ちこわし。

徳川家斉が第十一代将軍に。

松平定信が老中首座に。寛政の改革始まる。

一七八九年　天明九／寛政元年

棄捐令《きえんれい》。

十一月　力士谷風梶之助と小野川喜三郎に横綱免許。

〈**一七八九年**　フランス革命勃発、ワシントンが米の初代大統領に〉

一七九〇年　寛政二年

二月　石川島人足寄場の創設を決める。

四月　しほが皆川町二丁目の裏長屋に引っ越す。

しほが父文之進の四十九日法要のため、上野善立寺を訪れる。

掛け取り帰りの番頭、手代を狙《ねら》った男女二人連れの荒稼ぎが死人を出す。

六月十五日　天下祭りの日。しほ、政次、彦四郎、亮吉が山王日枝神社にお参りする。

＊

この夏十代後半の娘が数日姿を消してまた戻ってくる「神隠し」が頻発する。

七月十日　しほも顔見知りのさよが神隠しに。

七月十一日　さよの死体が見つかる。

＊

八月九日　政次が松坂屋の仕事で川越に行く。

しほがはつ・うめと連れ立って弁天湯に行き、板の間荒らしに出くわす。

政次が出入りの松前家で、しほの両親のことを尋ねる。

宗五郎・寺坂が、神谷道場の弟弟子で江戸屋敷詰めの川越藩士田崎九郎太にしほの両親の一件を相談する。

＊

五月　寛政異学の禁。朱子学を正学とし、蘭学を取り締まる。

一七九一年　寛政三年

喜多川歌麿が美人大首絵を発表。

一月　銭湯の男女混浴を禁じる。

三月　山東京伝の洒落《しゃれ》本《ほん》三点が発禁に。手鎖五十日の刑に処せられる。

一七九二年　寛政四年

五月　林子平による『海国兵談』らが発禁、子平を禁固処分に。

九月　ロシア使節ラクスマンが根室に来航、大黒屋光太夫らを護送して通商を要求。

一七九三年　寛政五年

七月　京都の朝廷と江戸幕府との間に発生した紛議・尊号一件（尊号事件）を機に、松平定信が老中を失脚する。

一七九四年　寛政六年

五月　東洲斎写楽の役者絵が発売される。

閏十一月　大槻玄沢らがオランダ正月を祝う。

しほが北町奉行所に呼び出され、人相を描いて探索に協力したことで褒美を頂く。

しほの長屋が荒らされる。

船宿水月の密会船で、船頭と男女の客が殺される。

寺坂が、しほの従兄弟《いとこ》園村辰一郎を連れて金座裏に。しほと対面する。

密会中の男女を襲う三人組が新たな犯行。

園村辰一郎が母の幾を連れてしほを訪ねる。

*

園村辰一郎が改革派と連絡をとるために川越に。

火付泥棒が相次ぐ。

川越藩の留守居役らがしほを拉致《らち》しようとする。政次が刀を振り回す侍の腰にしがみつくなどしてしほを救う。

宗五郎が松坂屋を訪れ、由左衛門と松六に政次を金座裏の後継者に貰《もら》い受けられないか、相談する。

しほが絵草紙の間に封じ込められていた書き付けを発見する。

宗五郎が、田崎九郎太と川越に。

十一月半ば　この年、一番最初の富士見酒が荷揚げされる。

一七九五年　寛政七年
十月　女髪結が禁止される。
江戸市中の夜店・屋台の取締が強化される。
一七九六年　寛政八年
一七九七年　寛政九年
湯島聖堂を官学の昌平坂学問所として開設。
橘《たちばな》の鑑賞が流行。
一七九八年　寛政十年

『橘花の仇』　二〇〇一年三月一八日初版

宗五郎が園村辰一郎に連れられて城中に忍び込み、藩主松平大和守直恒と会見する。
藩主を城外に連れ出し、入れ札不正の現場を取り押さえる。
藩主の指揮で根島派が次々に捕縛される。

『政次《せいじ》、奔《はし》る』

一七九八年　寛政十年

正月二日　松坂屋の隠居松六が政次を従えて年始回りの帰途、廃墟《はいきょ》になった旗本屋敷で剣客に襲われる。
正月三日　将軍家への御目見え。
十軒店《じっけんだな》の裏長屋で上方から来た噺家《はなしか》が殺される。

*

正月五日　亀戸村名主の娘が拘引《かどわかし》に遭う。
松六が意識を取り戻す。しかし、自分が誰かもわからない様子。

*

正月十五、十六日　藪入《やぶい》り
数寄屋町の茶問屋駿府屋《すんぷや》に押し込み強盗が入り、家族四人と北町奉行所隠密廻同心の高砂参八が殺される。

『政次、奔る』　二〇〇一年六月一八日初版

白酒造りが始まる。

＊

二月　白酒が売り出される。

宗五郎と寺坂が今泉宥之進を船釣りに誘う。田沼意知《たぬまおきとも》暗殺事件の背景に何があるのか聞き出そうとする。

清蔵夫婦と宗五郎夫婦らも参列して、しほの父文之進の一周忌と母の七回忌の法要がとりおこなわれる。

法要の帰り道、若侍の懐《ふところ》を狙ったちぼ（掏摸）に出くわす。亮吉が追うが取り逃がす。

亮吉が橋本町の裏店いちじく長屋でちぼを働いた庄太を見つける。

宗五郎が清蔵に頼んで庄太を小僧に雇ってもらう。

百姓を博打《ばくち》に引き込んで逃散《ちょうさん》に追いやっていた男が旅籠《はたご》に押し込み強盗をしようとして、宗五郎らに取り押さえられる。

＊

むじな長屋の住人按摩《あんま》の赤市《せきのいち》が行方知れずになる。

赤市の水死体が発見される。

宗五郎と寺坂が今泉の役宅を訪れ、田沼意知暗殺事件の真相を聞く。

松六が姿をくらます。

＊

今泉修太郎が御目付評定番佐々木頼母から佐野善左衛門《さのぜんざえもん》に遺児がいることを知らされる。

松六の行方をそれぞれ追って、政次と宗五郎が高田村の屋敷を突き止める。

一橋の家臣団が佐野善左衛門の遺児を襲うところを寺坂と今泉修太郎が駆けつけ未然に防ぐ。

三月十八日　三社祭。

松六が正気を取り戻す。

宗五郎が松坂屋に呼ばれる。店の決まりを破った政次に松坂屋を辞めてもらい、金座裏に貰い受けてもらうことになる。


『御金座《ごきんざ》破《やぶ》り』


政次が赤坂田町の神谷道場で住み込みの修行をする。

初夏　幕府が、増え過ぎたそば、てんぷらなどの屋台を防火上の理由で禁止にしたことで、禁止されていない場所に移ったり、捕縛されるものも出る騒ぎに。

宗五郎が金座から呼び出される。新小判の意匠見直しを

『御金座破り』　二〇〇二年一月一八日初版

託され、京都出張した手代の助蔵《すけぞう》が死体で発見されたことで、贋《にせ》小判の流通を恐れる金座長官後藤庄三郎から相談される。

亮吉らが宗五郎から、政次が松坂屋を辞めて金座裏の手先となることを知らされる。

柳原土手に屋台を出したてんぷら屋が殺される。

松六に付き添われて政次が金座裏に預けられる。

宗五郎が政次に神谷道場に通うことを許す。

*

宗五郎らが、手代の助蔵が所帯を持とうとしていた品川の遊女秋世《あきよ》に話を聞く。

政次が神谷道場に向かっている早朝、堀に立って思い詰めたような男に出会う。

松六が金座裏を訪ねて、諸商学塾の塾頭五十嵐弦々斎が平松町の長屋に囲う愛妾《あいしょう》の娘が拘引《かどわかし》にあったらしいと知らせる。

宗五郎が諸商学塾を訪れるが、五十嵐弦々斎が怒鳴って追い返す。

常丸らが助蔵の死骸《しがい》を品川から運んだ船と海雲寺前の廃屋で争った痕跡《こんせき》、血のあとを見つける。

下駄貫が亮吉に政次は金座裏の十代目として貰い受けられたんだと吹き込む。
拘引《かどわかし》にあった娘の死体が深川御船蔵の中州で見つかる。
気を抜いて見張りをしている亮吉を八百亀が怒鳴って追い返す。
亮吉がしほに傷ついた小雀を託し、姿をくらます。

*

からっとした暑い夏の日　彦四郎がしほを連れて須崎村周辺で亮吉を探す。
銀蔵の手先、仁左とはるが金座裏を訪れる。
仁左が、品川から船が戸田川を漕《こ》ぎ上がってきたことを知らせる。
仁左が相撲見物に出かける。
試し斬りと見られる紀伊藩の侍の死体が発見される。
今川町の千吉の手先が辻《つじ》斬りに殺される。
仁左の探索から辻斬りの正体が相撲取りとわかる。

*

六月　女の色香で男をだまし懐のものを盗む、柳腰のおえいが出没する。
宮大工の棟梁が借金を全額返したあとで、柳腰のおえいの手口を真似《まね》て借用証文が盗まれる。盗まれた証文をネタに金貸しから支払いを迫られていると、宗五郎に相談する。

富岡八幡宮《とみがおかはちまんぐう》の境内で亮吉が見かけられる。

宗五郎が金座長官後藤庄三郎と面会。手代の助蔵には新小判の仕様図は持たせていないとわかる。

＊

亮吉が板橋宿にある寺で、宗五郎を殺す計画を耳にする。

しほが富岡八幡宮に行って亮吉を探す。

偽の金《きん》を売りつける四人組が出没する。

偽金に投資した老女が首吊《くびつ》り自殺する。

戸田の渡しで亮吉に出会った老人が金座裏に知らせる。

下駄貫が土地の親分の助けを借りずに動いて四人組を取り逃がす。

＊

常丸らが品川の遊女秋世から道中日誌など助蔵の遺品を手に入れる。助蔵殺しの下手人がわかる。一味が金座襲撃を企《たくら》んでいるとわかる。

政次らが板橋宿の寺で亮吉の痕跡を発見する。

亮吉が瓢簞《ひょうたん》の猪左衛門《いざえもん》一味に捕らわれる。

亮吉が残した文字から宗五郎暗殺の企みがわかる。

宗五郎が刺客に襲われる。

御作事奉行定《じょう》小屋、新右衛門町《しんえもんちょう》 雑貨問屋付近から相次ぎ出火する。

定火消《じょうびけ》しに扮《ふん》した一党が金座を襲撃する。

宗五郎・寺坂の待ち伏せにあった一味が人質の亮吉を盾にする。手下に潜り込んでいた政次が体当たりを食らわせるなどして、一党を捕縛する。


『暴《あば》れ彦四郎《ひこしろう》』


師走　しほが川越に旅立つ。

宗匠風の老人が花川戸河岸で下船する。

凄腕《すごうで》の試し斬りによる殺しが相次ぐ。

*

しほが川越に到着する。

宗五郎が八百亀から善光寺の出開帳《でがいちょう》の宣伝に聖画を売りつけている噂《うわさ》を聞く。

八両で売って十両で買い戻す阿弥陀手形の噂を聞く。

宗五郎が噂の真偽を確かめに青山善光寺に行く。

*

『暴れ彦四郎』　二〇〇二年六月一八日初版

彦四郎が四人組の客に船の上で襲われる。
豊前《ぶぜん》小倉藩の小笠原《おがさわら》左京太夫《さきょうだゆう》屋敷に勤める側室お気に入りの女中が宿下がりして、屋敷に戻る間に神隠しに遭う。

＊

荷足船《にたりぶね》の中に男の死体が発見される。日和《ひより》下駄が片方、船縁《ふなべり》で見つかる。
船の手入れをしている彦四郎を刺客が襲う。
宗五郎が彦四郎に政次の供で一緒にいるように提案する。

＊

賃餅《ちんもち》屋が餅をつく慌しい時間帯のすきを狙った盗みが横行する。
彦四郎を襲った刺客の刀を手がかりに、政次と彦四郎が北割下水に。
餅つきの間に盗みを働いていた一味が女中に現場を見られ、殺害する。
北割下水で探索中の政次と彦四郎が剣客に襲われる。

＊

一七九九年　寛政十一年

正月五日　静谷理一郎と佐々木春菜の祝言。
正月六日　しほが川越を発《た》つ。

一七九九年　寛政十一年

江戸市中で神社の千社札を禁止に。
高田屋嘉兵衛が択捉《えとろふ》航路を開拓。

正月七日　縛られ地蔵を彫った石屋一家が皆殺しにあったと菊三が知らせに来る。

しほが鎌倉河岸に戻る。

しほが描いた老人の絵から彦四郎の記憶がよみがえり、阿波屋の正体がわかる。

菊三が知らせた浪人の後を追って一味の隠れ家を突き止める。


『古《こ》町《まち》殺《ごろ》し』

二月二十五日　雛祭《ひなまつ》りの白酒売り。

春　御能拝見をひかえ、町奉行所から余り派手な仮装は禁ずという通達が出る。

宗五郎が豊島屋からの帰途、羽賀井流長来源斎無門と名乗る刺客に襲われる。

本町三丁目河岸で女の死体が発見される。秘部のかたわらに彫り込まれた刺青《いれずみ》が突かれ消されていた。

古町町人の桶大工頭細井藤十郎《ほそいとうじゅうろう》が妾宅からの帰り道に殺される。

寺坂が、御能拝見までに古町町人殺しに目処《めど》をつけよとの北町奉行からの伝言を告げる。

『古町殺し』　二〇〇三年一月一八日初版

品川の売れっ子女郎が胸を突かれて殺される。矢羽根の入痣《いれぼくろ》をしている。

*

宗五郎が樽屋藤左衛門から呼び出されて、結び文があったことを相談される。政次を奉公人として身辺警護につける。

六阿弥陀《ろくあみだ》めぐりに来た年寄りが四人組に襲われて金を盗まれる。

広吉の父親から六阿弥陀めぐりの寺で殺しがあったと知らせが来る。

*

猫村重平が古町町人に恨みを持ちそうな者を調べて、寺坂が宗五郎に知らせる。

古町町人の薪炭商磐木屋《いわきや》平兵衛《へいべえ》方が襲われ、主の平兵衛と女房が殺される。

樽屋藤左衛門一行が板橋宿近くの川越街道で刺客三人に襲われるが、政次が天秤棒《てんびんぼう》で撃退し、頭分を取り押さえて護送する。

樽屋藤左衛門方に潜入していた手代の伊三郎《いさぶろう》が逃走する。

天明七年の津之国屋らの一件を記録した文書の紛失がわ

かる。

宗五郎が寺坂と当時を知る舘市右衛門に面会して話を聞く。

猫村が金座裏を訪ねて、津之国屋の三人の倅《せがれ》の存在を知らせる。

＊

生け捕りにした刺客から暗殺を依頼した人物が判明する。

津之国屋の長男が摂津屋稲兵衛と名を変え、海賊の頭領（走水の稲兵衛）として上方からの便船を襲っていることがわかる。

走水の稲兵衛一味の船の名が胡蝶丸《こちょうまる》だとわかる。

稲兵衛が江戸に開いた店に関《かか》わりのある伊勢屋高右衛門《こうえもん》が首吊り自殺していたことがわかる。

＊

御能拝見の舞台のシテ方金春信明《こんぱるのぶあき》が殺される。

宗五郎が常盤町の宣太郎に、走水の稲兵衛一味を捕らえるために協力を申し出る。

御能拝見が迫るなか一味の動きを牽制《けんせい》するために、宗五郎の策で下手人の正体を明かした瓦版《かわらばん》が売り出される。

稲兵衛が江戸に開いた店がわかる。おみつも浴衣地を買った安売りで賑《にぎ》わう店だった。

亮吉が胡蝶丸に乗り込む。

走水の稲兵衛が隠れ家にしていた飛騨屋《ひだや》一家が皆殺しに。

御能拝見が始まる。

亮吉が焔硝玉《えんしょうだま》を投げて、胡蝶丸を爆破する。

走水の稲兵衛が樽屋藤左衛門に匕首《あいくち》を突きつけたところを宗五郎が防いで、取り押さえる。

宗五郎が長来源斎無門に再び襲われるが、金流しの十手を振るって倒す。


『引札屋《ひきふだや》おもん』


夏　清蔵が麹町に新しい引札屋が開店しているのを見つけ、おもんに出会う。

清蔵が引札屋を訪れ、豊島屋の引札を依頼する。

最初の試し刷りができるというので、浅草花川戸の船宿で落ち合う。

豊島屋で七夕の竹を飾る。しほの絵が描かれた短冊がつるされている。

待合橋で、女が鑿《のみ》で胸を刺されて殺される。

＊

『引札屋おもん』
二〇〇三年一〇月一八日初版

神谷道場で総稽古。

政次が直心影流神谷道場の目録を授かる。

元四日市町の扇子屋但馬屋《たじまや》の娘が通り魔に胸をひと突きにされて殺される。娘の奉公先の下条《しもじょう》家から表沙汰《おもてざた》にしないよう圧力がある。

政次が松坂屋の番頭のお供で下条家に入る。

菊次郎《きくじろう》を下手人と見て女の長屋を見張っていたところに、通り魔が二件続けて起こる。

＊

清蔵がおもんと屋根船に乗って、完成した引札を見せてもらう。清蔵がおもんの後見を約束する。

藍玉《あいだま》問屋讃岐屋《さぬきや》の火事場跡から主《あるじ》夫婦の焼死体が見つかる。倅たちが隠し金を血眼《ちまなこ》で探す。殺された後で放火されたとわかる。

＊

七月二十六日　宗五郎が屋根船を出して、清蔵とおもんのことを調べさせていた八百亀の報告を聞く。別の屋根船に乗り込む清蔵とおもんの様子を眺める。

しほが亮吉らを伴い、四人で両親のお墓参りに。

北大門町の太物《ふともの》屋備中屋の幼い子供が亮吉らの目の前で

姿をくらます。

南町でも男の子が消える事件が相次いでいることがわかる。

下谷広小路で連れ去られた備中屋の子供が神田川の柳原土手下で死体で見つかる。

旦那の源太が連れ歩く弥一の情報で、幼い子供に執心の不審者がいて、がちゃがちゃ舟に乗って駄菓子を売っているとわかる。

*

豊島屋の周左衛門が宗五郎を訪ねて父親のことを相談する。

東叡山寛永寺の東照大権現の拝殿扉の葵《あおい》の紋に千社札を貼《は》る事件が起きる。千社札の主の佃屋《つくだや》には覚えがないものの、謹慎しているという。宗五郎が寺社方から、事件の裏に意図があるのか相談される。

宗五郎がおもんを訪ねて千社札を見せ、書家などに心当たりがないか聞く。

魚河岸で屋号入りの千社札をちらつかせ代参料をむしりとられる店が相次ぐ。

おもんが引札屋を店じまいして京に上る。

清蔵が閉店した店の前で受け取ったおもんの手紙を読んで慟哭《どうこく》する。

豊島屋で清蔵の雷が復活する。


『下駄貫の死』

晩秋　松六が古希の祝い。

松六夫婦とおみつ、とせ、しほらが伊香保温泉に出発。宗五郎らが戸田川渡しまで見送りに同行したところ、男たちに囲まれた女が刺し殺される現場を目撃する。

麹町の薬種問屋鞍前屋に押し込み強盗、主一家と住み込みの奉公人が皆殺しに。

新川の酒問屋伏見屋にも押し込み強盗、主一家と住み込みの奉公人が殺される。

*

神無月　綱定の主夫婦が大栄山永代寺に墓参り。彦四郎、亮吉、政次が同行する。

おふじの前身を知る鶴次郎が一行に気づく。

老舗の料理屋雪之屋でおふじが姿をくらます。

鶴次郎一家がおふじを攫《さら》ったことがわかる。

*

『下駄貫の死』　二〇〇四年六月一八日初版

しほが伊香保神社で竿乗りの宇平らに出会う。曲乗りの様子を写生する。

彦四郎が亮吉相手に古碇《いかり》盗難の噂を口にする。

人形町の毛抜き屋うぶけやの主人が宗五郎を訪問する。

古碇が毛抜きの地金になること、偽のうぶけやの毛抜き造りに元職人が関わっていないかと話す。

冬　しほが宇平らと別れる。伊香保温泉を発つ。

下駄貫がだんご屋の三喜松らに、政次が後継になることへの不満を訴え、同調を求める。

＊

松六ら一行が伊香保温泉から帰る。

豊島屋の前を通った野菜売りの老婆が悪たれの少年たち（春太郎一味）に襲われる。

八百亀から下駄貫が後継への不満をあおっていると宗五郎に相談がある。

春太郎一味が板橋宿で女郎屋の客の懐を荒らす。春太郎が匕首で仁左に怪我《けが》を負わす。

下駄貫が一人、春太郎一味を追って内藤新宿で見つける。

布団部屋に張り込んでいた下駄貫が見つかり、春太郎に殺される。

品川宿の近くで、下駄貫の十手を奪った春太郎一味が金座裏を名乗って金品を奪う。

＊

金座裏で、下駄貫の別れの会と政次の養子縁組、十代目披露が行われる。

豊島屋で「伊香保湯治旅のつれづれ」と題されたしほの絵の展示が催される。

回向院《えこういん》前の大八屋次三郎方に盗人が入り、蔵の金子が盗まれる。五つの千両箱のうち二つだけが盗まれる。

蔵を破れるのは、竿乗りの宇平らしかいないとわかる。

しほが政次を若親分と呼ぶが、政次がやめてくれるよう頼む。

蔵前の札差伊勢屋の蔵からそっくり五千六百余両が盗まれる。夜回りの番太が刺し殺される。

宇平の身の危機を訴える、さよの残した文字が見つかる。

政次が深川の賭場《とば》で大蛇の豆蔵《まめぞう》と勝負するなどして、五百六十両を勝ちとる。

『銀のなえし』

蠟月《ろうげつ》　神谷道場に道場破りが現れる。中国筋の武術家渡辺堅三郎が政次と立ち合って破れる。
亮吉らいつもの四人が彦四郎の猪牙舟に乗って浅草に遊びに出かける。
吾妻橋《あづまばし》で加賀屋の仏具を積んだ船が荷足のすり替えに出合う。
新右衛門町の小間物屋山科屋がすり替えで新年の初売りの荷を盗まれる。
責任を感じた船頭が首を吊って死ぬ。

＊

大晦日《おおみそか》　山科屋が初売りの荷を取り戻してくれたお礼にと、政次に銀のなえしと菊文金銀びらびら簪《かんざし》を贈る。
政次がしほに簪を贈る。

一八〇〇年　寛政十二年

正月元旦未明　二八蕎麦屋の文吉《ぶんきち》が、本石町《ほんこくちょう》の質屋中屋一家が皆殺しにあったことを知らせる。
中屋が闇で金貸しをしていたことがわかる。

＊

正月二日　御礼登城に政次が宗五郎の供で上がる。
政次と亮吉が渡辺堅三郎を豊島屋に誘う。
豊島屋で騒いだ鳶《とび》の連中を亮吉らが追い出す。

『銀のなえし』　二〇〇五年三月一八日初版

一八〇〇年　寛政十二年
伊能忠敬が蝦夷地《えぞち》測量に出発。

豊島屋の騒ぎが、読売で売り出される。鳶の頭と町役人が金座裏を謝罪に訪れる。

正月五日　渡辺堅三郎が道場を出ていったことを知らされる。

鳶の兄貴分が金座裏を訪れ、唐獅子《からじし》の鏡次《きょうじ》が鳶を抜けたこと、政次への恨みをもっていることを知らせる。

政次がしほに、金座裏に住んで、夫婦養子になってくれるか、尋ねる。

晴れ着を着た若い娘を狙って、剃刀《かみそり》のような鋭利な刃物で召し物を切る晴れ着切りの悪戯《いたずら》が横行する。

浅草寺で晴れ着切りに遭った娘が背中に大怪我をする。

唐獅子の鏡次が仲間を連れて政次を襲うが、銀のなえしを額に叩き込まれて倒される。

＊

神谷道場で具足開き。東西勝ち抜き戦が行われる。政次は十人に勝ち抜き、中堅の土岐《とき》と分ける活躍。御褒美に師匠より短刀をいただく。

道場の若い侍たちが金座裏を見物に行くことに。

青江司から渡辺堅三郎と高輪の大木戸で会ったことを知らされる。

日本橋を渡る宗五郎と政次の近くで女が巾着切《きんちゃくき》りに遭う。政次が少年たちを追うが取り逃がす。

正月十五日　藪入り。

政次の道場仲間五人が金座裏を訪ねる。一行を屋根船に案内して、亮吉がお燗《かん》番になるなど接待する。青江司から渡辺堅三郎が藩を抜けた事情がわかったと知らされる。一行を豊島屋に案内する。

渡辺堅三郎を案じた政次が高輪に行く。身なりを整えて別れた妻に会うことを勧め、松坂屋で奉公して貯《た》めた十両を差し出す。

正月二十日過ぎ　しほが久保田家の法事に招かれて川越に行くと知らせる。宗五郎とおみつがしほに政次の嫁になる気はないか聞く。

高輪の歳三の手先が金座裏を訪れて、八つ山で斬り合いがあることを知らせる。

八つ山で渡辺堅三郎が女房を取られた相手物詰《ものづめ》丹後《たんご》と決闘する。

『道場破り』
二月初め　政次がしほを誘って四人で烏森《からすもり》稲荷《いなり》の初午《はつうま》

に。境内で年増女が亮吉に抱きつき、その懐に臍《へそ》の緒《お》を隠す。

旦那の源太の調べで、女が仁賀《じんが》保《ほ》家の嫡男を連れ出そうとして騒ぎになったとわかる。

女が臍の緒を取り返そうとする仁賀保家配下の武士らに襲われる。

*

乳飲み子を負ぶった女武芸者永塚小夜が神谷道場を道場破りに訪れる。政次と立ち合い、破れる。

両国米沢町の四ツ目屋の隠居が六阿弥陀参りの途中で殺される。

寺坂が、宗五郎、政次を連れて四ツ目屋をお悔やみに訪れる。

十三両の金子と印籠《いんろう》が奪われ、浪人者の犯行とわかる。

十両の金子を賭けて勝負をする道場破りが現れる。

読売で永塚小夜の道場破りと、賭け勝負の道場破りが相次いでいるとわかる。

戸田道場で乳飲み子を連れた夫婦者の道場破りが現れる。

道場破りの八重樫七郎太が小夜の仇を討とうと政次に立ち向かうが、逆に倒されて息絶える。

『道場破り』　二〇〇五年一二月一八日初版

＊

永塚小夜母子を金座裏に連れていく。小夜が八重樫七郎太との関わり、道場破りの経緯などを話す。

寺坂が四ツ目屋の隠居の印籠（ご禁制のきりしたんばてれんのくるす飾りのついた天眼鏡が入っていて、鍵《かぎ》がついている）を宗五郎に預ける。

八重樫の亡骸《なきがら》を深川の西念寺に葬る。

宗五郎が四ツ目屋を訪れ、印籠の秘密を主に告げる。隠居の離れ座敷で隠し部屋と小箱を見つける。

永塚小夜母子に宗五郎らと寺坂が加わって、八重樫七郎太の墓前で弔いを行う。

政次が小夜に頼まれて神谷道場の朝稽古に連れて行く。

＊

宗五郎と小夜が八百亀に案内されて青物市場《やっちゃば》へ行き、青正の隠居義平に会う。

離れに小夜母子が大店《おおだな》の用心棒も兼ねて住むことに。道場主のいなくなった道場を引き継がないかという話も相談する。

寺坂が宗五郎に、筆頭与力新堂宇左衛門の嫡男孝一郎の内偵を相談する。吟味与力今泉修太郎の元に、孝一郎が南蛮渡りの薬を常用しているという密告の手紙が届けられたため。
宗五郎と政次が八丁堀道場を訪れる。門弟の新堂孝一郎について尋ねる。
宗五郎と政次が深川永代寺門前町へ。
鉄矢道場と川端楼の曖昧宿《あいまいやど》がぐるになっていることがわかる。
飲み屋で道場の内情を喋《しゃべ》っていた門弟四人が木場《きば》の三五《さんご》郎《ろう》一味に襲われる。
永塚小夜が林道場の師範役に就く。青正の離れ家住まいを始める。
宗五郎らと寺坂が川端楼に忍び込み、孝一郎を連れ出す。
木場の三五郎が政次に倒される。

＊

新堂孝一郎の解毒治療のために、山科屋の小梅村の寮を借りて政次が付き添う。
宗五郎が孝一郎の父親宇左衛門に会い、事情を告げる。
政次が孝一郎を神谷道場に連れていき、稽古をさせる。
金座裏に新堂宇左衛門が訪れ、宗五郎と政次に礼を言う。
下駄新道の海老床一家が殺され、娘が連れ去られる。

渡り髪結の文七《ぶんしち》の仕業とわかる。
蠟燭《ろうそく》屋はぜ甲の隠居の妾を殺した下手人と同一人であることがわかる。

『埋《うず》みの棘《とげ》』

初夏　政次が内与力の嘉門與八郎に呼び出され、水戸家について尋ねられる。
亮吉、彦四郎、政次が龍閑橋で待ち伏せしていた十人の武家に襲われる。
造園竹木問屋を営む丸籐《まるとう》の番頭佐兵衛《さへえ》が碁会所を出た後、心臓をひと突きで殺される。
佐兵衛が陰間《かげま》茶屋《ちゃや》から落籍した専太郎が妾宅で殺害される。
丸籐の次席番頭光蔵《こうぞう》が行方をくらます。

*

佐兵衛と光蔵の遣い込みが千両を超えることがわかる。
佐兵衛殺しの容疑者と思われた光蔵が妾宅で妾と一緒に殺害されているのが見つかる。

*

内与力の嘉門與八郎が水戸家家老澤潟五郎次を連れて金

『埋みの棘』　二〇〇六年九月一八日初版

座裏を訪れる。澤潟が十一年前の事件の内実と現状を語る。

富田新吾の妹弥生が、兄の消息を知ろうと金座裏を訪れる。

亮吉、彦四郎、政次がかつて水遊びをした場所（水戸藩敷地）に忍び込む。機転を利かして小石川組の動きを抑える。

＊

水戸藩目付半澤立沖が政次・亮吉を往来で待ち伏せして警告する。

腕の立つ武家を狙った辻斬りが出没する。

政次・亮吉が、永塚小夜が引き継いだ林道場を訪れ、辻斬りへの注意を告げる。

永塚小夜が辻斬りの待ち伏せに遭うが小手を斬って返り討ちにする。政次が銀のなえしで仕留める。

＊

辻斬りの下手人が高家肝煎《きもいり》六角家のお姫様で、六角家が強弁したため、五手掛による取り調べも難航したが、三河町の志之助が示した証拠が決め手となり決着する。

内与力の嘉門與八郎が金座裏を訪れ、水戸家に動きがあることを知らせる。
水戸家家老澤潟五郎次が神谷道場で政次と立ち合う。
澤潟が政次を水戸藩藩主徳川治保《とくがわはるもり》に引き会わせる。
政次が澤潟家家臣に扮して、重臣会議の開かれる水戸屋敷に。
小石川組が澤潟と政次を襲う。
献金郷士制が採択され、水戸藩改革の端緒につく。
澤潟が半澤立沖と立ち合う。

〈一八〇四年　ナポレオンが皇帝に即位〉

解説執筆・インタビュー協力　細谷正充
取材・編集協力　正木誠一
取材協力・株式会社　豊島屋本店
本文レイアウト　クリエイティブ・サノ・ジャパン
装画　浅野隆広
装丁　芦澤泰偉

時代小説文庫
さ 8-16

「鎌《かま》倉《くら》河《が》岸《し》捕《とり》物《もの》控《ひかえ》」読《どく》本《ほん》

著・監修　佐《さ》伯《えき》泰《やす》英《ひで》

2006年 9 月18日第一刷発行
2010年 4 月 8 日第六刷発行

発行者　角川春樹

発行所　株式会社 角川春樹事務所
〒101-0051 東京都千代田区神田神保町3-27 二葉第1ビル

電話　03(3263)5247[編集]　03(3263)5881[営業]

印刷・製本　中央精版印刷株式会社

フォーマット・デザイン&シンボルマーク　芦澤泰偉

ISBN4-7584-3254-6 C0193

http://www.kadokawaharuki.co.jp/[営業]
fanmail@kadokawaharuki.co.jp[編集]　ご意見・ご感想をお寄せください。

長谷川 卓
黒太刀
北町奉行所捕物控

書き下ろし

御袋物問屋・伊勢屋の主人が、料理茶屋で斬り殺された。臨時廻り同心・鷲津軍兵衛は死体に残された凄まじい斬り口から、「黒太刀」と呼ばれる殺し屋に目星をつける。数年に一度殺しを繰り返す「黒太刀」の背後には、殺し屋一味の元締めと殺しの依頼人がいるはず。殺された伊勢屋の主人が元武士だったことから、彼の過去に殺しの動機を求めると同時に、殺し屋一味を追うのだが……。北町奉行所臨時廻り同心・鷲津軍兵衛の活躍を描く、時代小説の傑作長篇第二弾！

（解説・細谷正充）

鈴木英治
凶眼
徒目付 久岡勘兵衛

書き下ろし

江戸城内の見廻りを終えた勘兵衛のもとへ、急報が飛び込んできた。番町で使番が斬り殺されたとのことだった。殺された喜多川佐久右衛門とともに下城していた佐野太左衛門は、斬りつけたのは魚田千之丞という小普請組の者であると証言する。さらに、佐久右衛門の仇討ちに出た長男と次男もその道中で返り討ちとなってしまう。探索の最中、勘兵衛は謎の刺客に襲われるのだが、その剣は生きているはずのない男のものだったのだ……。書き下ろしで贈る、大好評の勘兵衛シリーズ第七弾！

時代小説文庫

佐伯泰英
橘花《きつか》の仇
鎌倉河岸捕物控

書き下ろし

江戸鎌倉河岸にある酒問屋の看板娘・しほ。ある日武州浪人であり唯一の肉親である父が斬殺されるという事件が起きる。相手の御家人は特にお構いなしとなった上、事件の原因となった橘の鉢を売り物に商売を始めると聞いたしほの胸に無念の炎が宿るのだった……。しほを慕う政次、亮吉、彦四郎や、金座裏の岡っ引き宗五郎親分との人情味あふれる交流を通じて、江戸の町に繰り広げられる事件の数々を描く連作時代長篇。

佐伯泰英
政次、奔《はし》る
鎌倉河岸捕物控

書き下ろし

江戸松坂屋の隠居松六《しょうろく》は、手代政次を従えた年始回りの帰途、剣客に襲われる。襲撃時、松六が漏らした「あの日から十四年……亡霊が未《いま》だ現われる」という言葉に、かつて幕閣を揺るがせた若年寄田沼意知《たぬまおきとも》暗殺事件の影を見た金座裏の宗五郎《そうごろう》親分は、現在と過去を結ぶ謎の解明に乗り出した。一方、負傷した松六への責任を感じた政次も、ひとり行動を開始するのだが——。鎌倉河岸を舞台とした事件の数々を通じて描く、好評シリーズ第二弾。

佐伯泰英
御金座破り 鎌倉河岸捕物控

書き下ろし

戸田川の渡しで金座の手代・助蔵の斬殺死体が見つかった。小判改鋳に伴う任務に極秘裏に携わっていた助蔵の死によって、新小判の意匠が何者かの手に渡れば、江戸幕府の貨幣制度に危機が――。金座長官・後藤庄三郎から命を受け、捜査に乗り出した金座裏の宗五郎……。鎌倉河岸に繰り広げられる事件の数々と人情模様を描く、好評シリーズ第三弾。

佐伯泰英
暴れ彦四郎 鎌倉河岸捕物控

書き下ろし

亡き両親の故郷である川越に出立することになった豊島屋の看板娘しほ。彼女が乗る船まで見送りに向かった政次、亮吉、彦四郎の三人だったが、その船上には彦四郎を目にして驚きの色を見せる老人の姿があった。やがて彦四郎は謎の刺客集団に襲われることになるのだが……。金座裏の宗五郎親分やその手先たちとともに、彦四郎が自ら事件の探索に乗り出す！　鎌倉河岸捕物控シリーズ第四弾。

時代小説文庫

佐伯泰英

古町《こまち》殺し

鎌倉河岸捕物控

書き下ろし

徳川家康・秀忠に付き従って江戸に移住してきた開幕以来の江戸町民、いわゆる古町町人が、幕府より招かれる「御能拝見」を前にして立て続けに殺された。自らも古町町人である金座裏の宗五郎をも襲う刺客の影！　将軍家御目見得格の彼らばかりが狙われるのは一体なぜなのか？　将軍家斉も臨席する御能拝見に合わせるかのごとき不穏な企みが見え隠れするのだが……。鎌倉河岸捕物控シリーズ第五弾。

佐伯泰英

引札屋おもん

鎌倉河岸捕物控

書き下ろし

「山なれば富士、白酒なれば豊島屋」とうたわれる江戸の老舗酒問屋の主・清蔵。店の宣伝に使う引札を新たにあつらえるべく立ち寄った引札屋で出会った女主人・おもんに心惹かれた清蔵はやがて……。鎌倉河岸を舞台に今日もまた、さまざまな人間模様が繰り広げられる——。金座裏の宗五郎親分のもと、政次、亮吉たち若き手先が江戸をところせましと駆け抜ける！　大好評書き下ろしシリーズ第六弾。

時代小説文庫

佐伯泰英
異風者《いひゅもん》
書き下ろし

異風者《いひゅもん》——九州人吉《ひとよし》では、妥協を許さぬ反骨の士をこう呼ぶ。人吉藩の下級武士・彦根源二郎は〝異風〟を貫き、剣ひとつで藩内に地位を築いていく。折しも藩は、守旧派と改革派の間に政争が生じていた。守旧派一掃のため江戸へ向かう御側用人・実吉作左ヱ門警護の任についた源二郎だったが、それは長い苦難の始まりでもあった……。幕末から維新を生き抜いた一人の武士の、執念に彩られた人生を描く書き下ろし時代長篇。

佐伯泰英
悲愁の剣
長崎絵師通吏辰次郎

長崎代官の季次《すえつぐ》家が抜け荷の罪で没落——。季次家を主家と仰ぎ、今は海外放浪の身にある南蛮絵師・通吏辰次郎《とおりしんじろう》はその報せに接し、急ぎ帰国するが当主・茂智、茂之父子や、茂之の妻であり辰次郎の初恋の人でもあった瑠璃《るり》は、何者かに惨殺されていた。お家再興のため、茂之の遺児・茂嘉を伴って江戸へと赴いた辰次郎に次々と襲いかかる刺客の影！　一連の事件に隠された真相とは……。運命に翻弄される者たちの奏でる哀歌を描く傑作時代長篇。

（解説・細谷正充）